DREAMBOOKS

강령술사

FUSION FANTASY STORY & ADVENTURE

정은호 퓨전판타지 장편소설

dream
books
드림북스

강령술사 2

초판 1쇄 인쇄 2015년 3월 23일
초판 1쇄 발행 2015년 3월 30일

지은이 정은호
발행인 오영배
책임편집 편집부

펴낸곳 (주)삼양출판사 · 드림북스
주소 서울시 강북구 도봉로 173
대표 전화 02-980-2112 **팩스** 02-983-0660
출판등록 1999년 3월 11일 제9-00046호

ISBN 979-11-313-0315-3 (04810) / 979-11-313-0313-9 (세트)

드림북스는 (주)삼양출판사의 판타지 · 무협 문학 브랜드입니다.

강령술사

FUSION FANTASY STORY & ADVENTURE

정은호 퓨전판타지 장편소설

dream
books
드림북스

목차

Chapter 1
연금술사 길드

"아이고, 지금이 몇 시야?"

"몇 시긴 뭘 몇 시야! 10시잖아, 안 보여?"

"아니 그러니까 왜 새벽조인 우리가 10시부터 대문 경계를 서야 하느냐는 말이지, 내 말은!"

"그걸 몰라서 묻냐! 다 너 때문이잖아, 너 때문!"

그들은 일전에 아양 떠는 강아지를 길드 안쪽으로 보내줬다가 큰 사단을 만든 장본인들이었다.

물론 트롤들이 탈출하는 사건은 시도로만 끝났고, 덕분에 엄청난 징계는 면할 수 있었지만, 그렇다고 해서 상관들이 그들을 좋게 보는 건 아니었다.

그래서 그들은 일 년 동안 연장근무를 서게 되었다. 그래도 사람이 살아가는 이상 잠은 자야 하니, 늦게까지 일하는 것보단 일찍 일어나 일을 하는 것이다.

"어휴우~ 속 터져! 그 귀여운 녀석이 그런 괴물일 줄 누가 알았겠냐고?"

"끄응. 낸들 알겠나? 그래도 우린 죽진 않았잖아? 죽은 놈들만 해도 3명이라는데, 그냥 우리 닥치고 있자고."

거기까지 들은 동료 경비가 식겁해서 고개를 끄덕였다.

"그, 그러자고. 괜히 봉변당하기 싫으면 말이야."

그 둘이 풀 죽어서는 한숨을 푹푹 내쉬고 있을 때였다.

저 멀리서 한 명의 사내가 입구 쪽으로 걸어오고 있는 것이 보였다.

로브를 푹 눌러쓴 남자였다.

"누, 누구냐!"

"정체를 밝혀라!"

그들은 과도한 액션을 취하며 로브를 눌러쓴 남자를 창으로 위협했다.

로브를 눌러쓴 남자.

그 턱 밖에 보이지 않는 얼굴에 사악한 미소가 그려졌다.

"지금 이 창. 거두지 않을 텐가?"

꽤 위협적인 목소리였다.

"그, 그렇다!"

"정체를 밝히기 전까진 위협할 테다!"

"우리는 이곳의 경비병이니까!"

제발 자신들이 모르는 사이에 상관이 근처에서 지켜보고 있기를 바라며, 둘은 호기 좋게 그리 외쳤다.

가뜩이나 최악인 이미지니까 어떻게든 어필을 해야 하고, 그러려면 이런 식으로라도 뭔가를 해야 하지 않는가? 아주 그냥 길드 안까지 똑똑히 들리도록 외쳐주겠다는 식이다.

그 참을 수 없는 경박함에, 로브를 눌러쓴 사내의 입가가 더욱 짙게 웃음 지어졌다.

'서, 성깔 더러울 것 같다.'

'잘하는 짓이려나?'

무서웠다.

그리고 무서움에 못 이겨 막 태도변환을 꾀하려던 찰나, 다행히 로브를 눌러쓴 쪽에서 입을 열었다.

"너희에겐 용무가 없다. 상관에게 연락을 취해."

"……으잉?"

"그동안 앉아 있겠다. 내가 허투루 장난이나 하려고 이곳에 온 사람으로 보이는가?"

으음.

그런 것 같지는 않았다.

"알았다!"

"운 좋은 줄 알아라, 이, 이놈!"

이상한 소리를 해대던 경비병 중 하나가 옆에 있는 종을 울렸다. 그 종은 기다랗고 질긴 실로 연결되어 있는 듯했다.

곧 귀찮은 티가 역력히 묻어나는 누군가가 그들에게로 다가왔다. 연결된 종소리를 듣고 온 모양이다.

"무슨 일이지?"

"아, 안녕하십니까, 기사 나으리!"

"저희가 이 녀석을 붙잡고 있었습니다요! 저항이 거세었지만, 저희가 이 창 끝으로 위협을……."

기사는 한숨을 내쉬며 손을 회회 저었다.

"됐고. 무슨 일인가?"

"히잉."

"무슨 일이냐 물었네. 혹시 괜히 불렀다는 말은 않겠지?"

"아, 아닙니다요. 저기 저 사람 때문입니다."

기사는 인상을 찌푸리며 경비병들이 가리킨 쪽을 보았다. 그곳엔 로브를 푹 눌러 쓴 누군가가 태평하게 앉아 있었다.

"자네, 누군가?"

그 말에, 로브를 눌러쓴 남자가 씩 웃었다.

"길드마스터를 뵈러 왔네."

귀찮아하던 기사의 표정이 진지해졌다.

"함부로 그런 말을 할 위인은 아닌 것 같은데?"

"오늘따라 포션 맛이 시다고 말씀드리면 날 불러 주실 걸세."

기사가 경비병의 뒤통수를 탁 하고 쳤다.

"아야!"

"뭐 하고 있나? 가보지 않고."

"가, 갑니다요!"

경비병이 후다닥 안쪽으로 들어갔다. 그러고는 얼마 있지 않아 다시금 후다닥 달려왔다.

"들어오시랍니다!"

그 말에 기사가 고개를 끄덕였다.

"그렇다는군. 내가 안내하지."

로브 사내가 자리를 털고 일어나며 씨근덕거렸다.

"참 오래도 기다리게 하는군."

"미안하게 되었네."

로브 사내의 불평에 기사가 고개를 숙여 사과했다.

물론 기사의 타는 듯한 두 눈동자는 경비병들을 노려보고 있었지만 말이다.

히끅!

딸꾹!

두 경비병은 울상이 되어 가는 두 명의 뒷모습을 보았다.

"어, 어쩌라고. 그럼 그냥 보내냐?"

"우린 우리 일을 충실히 하는데, 눈치가 없다고 이렇게 야박하냐?"

"세상이 어찌 이러냐. 흐어엉."

둘은 또다시 신세한탄을 했다. 그냥 있어 보이면 우선 극진하게 대접할걸 그랬다며 후회하면서 말이다.

하지만 그들은 지금 정말 잘 한 것이었다.

그를 어렵게 들여보낸 덕분에, 적어도 앞으로 일어날 사태에 대해서, 그들에겐 면책권이 주어졌기 때문이다.

* * *

기사의 뒤를 따라 걸어가며, 로브를 둘러쓴 남자, 경식은 생각했다.

'흐음, 들어가지긴 진짜 들어가지는구나. 너무 쉬운데?'

그의 생각에 응답한 것은 구미호였다.

[암살자를 족치고 위장을 한 거잖아. 그러니까 당연히 들어오기 쉬운 거지.]

—아아, 경식 군이 들어오기 쉽다고 했는가?

구미호는 경식의 생각을 읽을 수 있지만, 왕년 노인은 육성으로 말하지 않으면 알아들을 수 없기에 경식의 말을 유추

하여 대답했다.

　—그런데 암살자가 참 쉽기는 쉬웠소. 내 평생에 그렇게 입을 나불나불 잘 나부렁 대는 암살자는 처음이었다고나 할까? 왕년…….

　[왕년에도 지금에도 처음이라고?]

　—헐헐. 우리 서로 더욱 잘 알아가는 것 같소?

　[아웅, 소름 끼쳐.]

　구미호와 왕년 노인의 대화에 경식 역시 너무 똑같은 생각이었다.

　쉬워도 너무 쉬웠다.

　암살자가 입을 너무 쉽게 열었고, ‘포션 맛이 좀 시다’는 암구호가 있기는 했지만, 그거 하나 달랑 말했다고 이렇게 수월하게 최고 권력자가 있는 곳으로 이동될 수 있다니…….

　‘그렇다고 오라는데 안 갈 수도 없고…….’

　[잘 됐지, 뭐! 이제 그 길드장 족치고 그 트롤 신인가 하는 녀석 가져오면 되는 거잖아?]

　—이렇게 너무 일이 쉬울 때는, 그저 감사하는 마음을 가지면 되는 걸세. 헐헐헐헐. 좋구만?

　‘조, 좋은 게 좋은 거겠지 뭐.’

　그런 생각을 하며 경식도 신경을 끄도록 했다. 더욱이 걱정을 해봤자 해결되는 문제도 아니었다.

그런 생각을 하는 사이 기사의 발걸음이 멈췄다.

큰 문이 그들을 막고 있었다.

"이곳일세. 같이 들어가지."

"그러지."

문이 열리고, 둘은 안으로 들어갔다.

그곳에는 이상한 기호들이 빼곡히 적혀 있는 벽이 있었고, 그 벽에는 마구잡이로 낙서가 되어 있었다.

'뭐야. 저거 원소 기호 같은 거 같은데?'

물론 Cu(구리)나 O_2(산소) 같은 기호는 아니었지만, 왠지 그 용도와 쓰임새는 비슷할 것 같은 처음 보는 문자의 것이었다.

'아, 그리고 보니 나 까막눈이구나?'

대화는 어떻게든 되지만 이 세상의 글씨는 못 읽는 자신의 현 적응상태를 통감하며, 경식은 눈앞에 쭈그리고 앉아 열심히 무언가를 적고 있는 사내를 바라봤다.

그 사내는 경식도 한 번 본 적이 있는 자였다.

길드마스터.

암살자의 말로는 그의 이름이…….

"엘바론?"

"자네는 고용주 이름을 그렇게 막 부르는가?"

연금술사 길드마스터.

엘바론이 경식을 바라보지도 않은 채 그리 말했다.

"그래! 일은 잘 처리되었겠지?"

그 말에, 경식이 씩 웃으며 고개를 끄덕였다.

"그렇습니다."

"사료 조합식은?"

"제 품에 있지요."

"크크. 생사 여부는?"

"죽였습니다."

"훗! 좋군."

"……."

"……."

엘바론은 아무 말도 없이 자신의 일에 집중하고 있었고, 경식은 괜히 무슨 말을 했다가 들킬까봐 아무 말도 하지 않고 있었다.

펜이 종이에 스치는 소리만이 방 안을 가득 메웠다.

[뭐야. 저 녀석 왜 저러고 있지? 잘 했다고 치하해 주진 못할망정?]

—그러게 말이네. 무슨 업무를 그리 열심히 보는지 말이야.

구미호와 왕년 노인이 다 지루해졌다.

경식은 왕년 노인을 노려보며 구미호에게 속으로 말을 걸었다.

'저 왕년 노인은 왜 저렇게 가만히 있어? 할 일은 하고 떠들어야지!'

[아 맞다! 그랬지?]

구미호는 왕년 노인을 노려보며 말했다.

[야! 왕년 노인! 할 일 안 하고 멍 때리고 있으면 어떻게 해?]

—으잉? 할 일이라니 무슨 소리요, 그게?

[넌 찾아야지! 그 녀석 찾아야 되잖아?]

—음? 아아아! 그랬었지. 헐헐. 잊고 있었구먼. 그럼 다녀옴세!

이곳에 들어오기 전, 경식은 모두와 함께 잠입 방법과 탈출 루트를 모의했었다. 꽤나 성공적인 예상 결과가 나와서 이렇게 직접 찾아온 것이었다.

거기서 왕년 노인의 역할은 간단했다. 하지만 꽤나 중요한 역할이기도 하다. 바로 벽을 통과할 수 있는 자유로운 몸으로 그 트롤 신, 붉은 어금니를 찾아내는 일이었다.

—찾는 즉시 돌아옴세~

왕년 노인이 그렇게 말한 후 쌩 날아가 버렸다.

그러고도 긴 침묵이 이어졌다.

참다못한 경식이 '도대체 날 불러놓고 뭘 하는 거냐'고 말을 하려는 순간, 연금술사 길드마스터 엘바론의 입이 열렸다.

"흠. 내가 왜 이리 가만히 일이나 보고 있는지 아나? 가짜인 자네가 어떤 반응을 보일지 궁금해서거든, 그게."

스르르릉.

등 뒤에서 기사가 검을 뽑는 소리가 소름 끼치도록 날카롭게 들려 왔다.

"포션 맛이 달다! 임무의 성공이지. 짜다! 실패한 것이지. 그리고 시다? 그것은 무슨 이상한 일이 벌어졌으니 각별히 유의하라는 신호였다!"

"허업!"

"……."

[비, 빌어먹을. 역시 술술 털어놓을 때부터 알아 봤어야 하는 건데!]

꿀꺽. 경식은 마른침을 꿀꺽 삼켰다.

날카로운 검 날이 경식의 목에 대어졌기 때문이었다.

그 기분이 시리도록 차가웠다.

'지, 지지 지금 저 녀석, 날 베려고 하는 것처럼 보여?'

[아니, 그런 것 같진 않아. 침착해! 너에겐 오크 녀석이 있잖아.]

'그 녀석이 내 말을 들어줄까? 어휴!'

그래도 이런 상황에서 믿을 건 그 녀석밖에 없었다. 제발 그 녀석이 고집 안 부리고 도와주었으면 좋겠는데……

"끌끌. 뭐, 싸구려 암살자이니 이런 일이 있을지도 모른다고 생각은 해 왔었지. 어차피 이곳에 왔어도 그 녀석을 죽였을 거야. 증거인멸 차원에서 말이야. 낄낄낄낄. 절대 수고비가 아까워서 그런 건 아니야. 낄낄."

　[수고비네.]

　'수고비가 아까워서 저러네.'

　[와아. 더럽게 사악한 새끼네, 저거?]

　'그러게. 진짜 나쁜 놈이다, 저거.'

　그런 생각을 하는 도중, 경식이 바짝 얼었다고 생각한 엘바론은 그 사악한 미소를 푸짐하게 바꾸며 말했다.

　"이제 네 생명은 내가 쥐고 있는 건가? 궁금한 게 몇 가지 있으니 대답을 한다면 죽이진 않으마!"

　"거짓말!"

　"아, 아니 아무리 거짓말이래도 희망을 좀 가져 봐. 거짓말이 아닐 수도 있잖아?"

　"방금 전에 돈 아까워서 원래 있던 암살자도 죽이겠다고 한 녀석이 살려 준다는데 그걸 믿냐, 그럼!"

　"도, 돈이 아까워서가 아니라 증거인멸 차원에서 그런다니까 그러네!"

　"입에 침이나 바르고 거짓말 하시지!"

　"와아, 진짜 한번 죽어 볼래!"

듣고 있던 기사가 한심 섞인 숨을 토해내며 말했다.

"……저, 마스터. 이 녀석 죽일까요, 말까요?"

"확 죽여버……아니. 그래도 궁금한 건 못 참겠어. 말을 하면 살려는 주마. 진심이다!"

그렇게 말한 엘바론이 펜대를 놓으며 물었다.

"너. 뭐 하는 놈이냐?"

'우리가 뭐 하는 놈이었지?'

구미호도 대답을 껄끄러워 했다.

[그, 글쎄? 이계에서 넘어와 이곳에서 깽판치고 있는 고등학생?]

'……'

맞는 말이었다.

하지만 그렇게 대답할 순 없는 법. 망설이고 있는데 엘바론은 지가 알아서 답을 찾는 모양이었다.

"정말 이해가 가지 않는단 말이야. 보르도 그 녀석이 고용한 것치고는 이곳까지 올 필요가 없거든. 이곳으로 온 건 나에게 무슨 말이든 하려고 온 건데, 그 말이 무엇이지?"

"그, 그것은……."

모두의 이목이 그에게 집중되었다.

그는 말을 끌면서 눈을 감았다. 그리고 자신의 내면에 있는 오크 신에게 말을 걸었다.

'도와줄 거지?'

[…….]

'이봐. 야?'

아무런 말이 없던 오크 신이 경식이 보채자 심드렁하게 입을 열었다.

[취익! 그 말! 나에게는 통하지 않는 말! 취이익!]

'뭐, 뭐야? 그게 뭔데?'

경식에게로 오크의 힘이 밀려들어올랑말랑 했다. 말 그대로 '줄까 말까' 하는 느낌이다.

[취익! 모른다면 힘을 안 주지. 하지만 내 말뜻을 안다면 네 목숨을 살려 주지. 취이익!]

아니 도대체 무슨 소리를 하는지 모르겠다. 이 급박한 상황에 굳이 이래야 하는지도 잘 모르겠고 말이다.

[취이익! 진정 모르나! 그렇다면 나도 모르쇠! 취이익!]

'아니 그건 라임이 맞는 듯하면서 안 맞잖아, 나라면…… 아아. 이 와중에 그런 거야?'

경식은 이제야 좀 깨달은 듯 고개를 주억거렸다. 이 녀석, 지금 경식과 놀려고 하고 있었다.

그렇다면 응해줘야지.

대한민국은 요즘 래퍼들이 판을 쳐서, 대부분의 사람들이 라임에 익숙하다.

경식 역시 마찬가지.

말 그대로 목에 칼이 들어온 상황에서, 참으로 이상한 짓거리 하게 생겼지만, 우선 읊어 들어갔다.

'내 목에 닿은 시린 칼날! 하지만 이것이 우리에겐 기회의 날!'

[취이익!]

세상에. 추임새도 넣어 준다.

부응해야 했다.

'우리 상황 그야말로 진퇴양난! 하지만 네가 나를 도와주면 어린아이 장난!'

[취익! 만족! 나의 힘은 너에게 들어간다, 싸움하는 족족! 취이이익!]

후와아아악!

힘이 물밀듯이 밀려들어왔다.

쩍. 쩌저저적!

내면속에서의 대화가 끝났다. 꽤나 많은 이야기가 오갔지만, 현실에선 3초 정도밖에 지나지 않았다.

하지만 그것마저 못 기다리는지 엘바론이 소리쳤다.

"무엇이냐!"

"그것은……!"

번쩍.

경식의 검었던 눈이 회색으로 물들었다.

"너희 제압하고 가르쳐 주마!"

쿠아아아!

그의 입에서 충격파가 발산되어 엘바론의 배때기를 가격
했다.

"쿠웨엑!"

강력한 보디 블로우를 얻어맞은 엘바론이 인상을 찌푸리
며 뒤로 나동그라졌다.

"이 새끼가!"

[야! 검이 네 목을 노리고 있어!]

경식의 맞은편에서 기사의 동향을 보고 있던 구미호가 다
급하게 소리쳤다.

그 정도는 경식 역시 알고 있었다. 그의 피부는 이미 강력
하니, 목을 그냥 대고 있어도 괜찮지 않을까?

'아니, 아니야. 위험해.'

능력만 믿다가는 어설프게 목이 베어져 동맥이 잘릴지도
몰랐다. 오히려 이럴 때일수록 전투감각을 익히기 위해 요리
조리 피하는 방법을 선택해야 한다.

판단을 내린 경식은 기사의 품에 파고들었다.

그러자 풀 스윙으로 검을 휘두르던 기사의 오른손과 그의
목이 부딪쳤다.

팡!

'큭!'

고통이 그대로 전해졌다. 하지만 아파 할 수만은 없는 법! 눈앞에 보이는 기사의 팔을 잡고 그대로 휘둘렀다.

요즈음 들어 즐겨 쓰는 기술인, 오크표 엎어치기였다.

'허, 허리가!'

갑옷을 입고 있는 기사의 몸무게가 상당했는지 어깨와 허리가 뻐근했다. 아마 평소의 경식이었다면 업어 치지 못했겠지만, 그래도 오크의 힘을 빌려 완력이 세진 상태라 가능했다.

기사의 몸이 거세게 등부터 떨어졌다.

콰쾅!

땅이 다 쩌렁하게 울릴 지경이었다.

"크으으으……."

아직 정신을 못 차린 기사의 면상으로 경식의 주먹이 날아가 꽂혔다.

팍! 퍽퍽퍽!

"크억!"

물론 한 방에 머리를 부숴 버릴 정도의 힘은 경식에게 없었다.

'뭐, 힘이 있어도 그런 끔찍한 짓은 안 하겠지만?'

경식은 마지막으로 기사의 싸대기를 후려 갈겼다.

쫘악!

…….

기사는 눈을 까뒤집은 채 기절했다.

"후우우우."

한 차례 푸닥거리를 끝낸 경식이 자리를 털고 일어나 뒤를 보았다. 그곳엔 이미 경식의 무력(?)을 확인한 엘바론이 덜덜 떨며 뒤로 물러나고 있었다.

"너, 너 정체가 뭐야! 뭐 하는 놈이냐고!"

"아아, 아까 물었던 질문이군? 내가 이제 대답해 줄게!"

"아, 아니야. 대답하지 마! 내가 잘못했어!"

뭔가 잘못 돌아가고 있다고 생각했는지, 엘바론은 바득바득 소리치며 손사래를 쳤다.

뭐, 그런다고 해서 결과가 달라지진 않겠지만 말이다.

"루티에르 종을 내놔."

"그, 그…… 루티에르 종? 내 응징이 아니라?"

경식의 목적이 자신이 생각하던 것과 달랐는지 엘바론의 표정이 묘해졌다.

"그렇지. 루티에르 종. 그 녀석에게 용무가 있어."

"……."

"그 녀석은 어디에 있지?"

"그, 그건……."

뭐야. 간단한 질문 아니었어? 자신이 위험한 것보다 루티에르 종이 더 중요하다는 이야긴가, 지금?

경식은 고개를 갸웃거렸지만, 그런다고 엘바론이 대답을 하는 건 아니었다.

경식은 다시금 입에서 충격파를 쏘았다.

이번엔 집중이 아닌 방사형이라 누군가가 미는 듯한 느낌을 줄 것이다.

쿠아아아!

"어서 말해!"

"크, 크으읏."

쿠아아!

"안 불어?"

"끄으윽. 제, 젠장! 젠자앙!"

그가 울부짖듯 소리쳤다.

"네놈이 날 죽일 것 같진 않다! 불지 않겠다!"

"헐?"

이건 또 무슨 강짜래?

심지어는 정말 죽일 마음은 없었다는 것이 경식을 더욱 열받게 했다.

"내가 못할 것 같나 보지?"

"그, 그렇다! 그렇게 믿는 수밖에 없다고, 나는!"

[아니 이 새끼가 왜 이러는 걸까? 그냥 확 죽여 버리는 건 어때?]

구미호가 다 어이없어 했다. 경식 역시 어이없긴 마찬가지였다.

'아니 그래도 살인은 좀.'

그런 말을 하면서도 궁금했다. 도대체 저 녀석이 왜 저럴까? 물론 물어봤자 대답도 안 해 줄 것이 뻔하긴 했지만 말이다.

"끄응. 이걸 어쩐다."

그 말에, 엘바론이 회심의 미소를 지었다.

"역시! 네놈은 사람을 죽이지 못하는 얼빠진 녀석이었어!"

울컥.

진짜 죽여 버릴까?

하지만 그것은 생각에 그칠 뿐, 경식은 고개를 회회 저었다.

"그래, 얼빠진 놈인가 보다, 내가."

"큭큭큭!"

엘바론이 곤란해 하는 경식을 비웃을 때였다.

벽을 통과해 왕년 노인이 모습을 드러냈다.

―녀석이 있는 곳을 찾았네.

"와! 할아버지 도움 될 때가 나는 제일 좋더라고!"

왕년 노인이 배시시 웃었다.

─헐헐 쑥스럽구먼. 그런데 내가 도움이 안 될 때도 있었나?

[아 그러니까 어딘데에?]

왕년 노인이 허공에서 빙글 돌아서며 자신이 통과했던 벽을 가리켰다.

─등잔 밑이 어둡다고. 바로 옆에 있었네. 잘 보면 뭔가 장치 같은 게 있을 게야!

"헐. 진짜 가까운 곳에 있었군?"

"무, 무슨 말이냐! 호, 혼자 뭐라고 구시렁거리는 거냐!"

"후후후후. 글쎄. 뭘까?"

경식은 피식 웃음을 머금고는 벽 쪽으로 다가갔다.

"아아아, 느껴진다. 이곳 너머에 그 녀석이 있군."

"……무, 무슨 해, 해괴망측한 소, 소리…… 아니 어떻게 알았지?"

경식이 피식 웃으며 얼버무렸다.

"나는 폭력을 원하지 않는다. 이걸 어떻게 열지?"

"가르쳐 주겠느냐, 바보야!"

"흐음."

엘바론이 씩 웃었다.

"클클클. 그것을 열려면 기관장치가 문제가 아니다. 비밀

번호가 존재하거든!"

"그래?"

"흘흘. 그 많은 원소기율 식 중, 특정 식의 답을 써 넣으면 문이 열릴 것이다! 흘흘흘! 거기에 쓰여 있는 식만 23개가 넘는데 어디 한 번 다 풀어 보거라! 깔깔깔깔!"

참으로 경박하게도 웃는다.

"끄응. 그런 술식 따위 알 리가 없잖아?"

"크하하하! 너는 이제 끝났어! 내가 기사 한 명만 준비할 줄 알았느냐? 네가 내 방에 들어온 순간부터 15분 정도 지나면! 경비병들이 이곳을 향해 득달같이 달려들 것이다!"

"헉! 그, 그런!"

"하하하하!"

깔깔거리며 웃는 에바론을 바라보며, 경식이 고개를 갸웃거렸다.

"그런데 왜 안 들어오지? 15분은 벌써 지났잖아?"

"그, 그건. 그건……?"

"하긴, 알 리가 있나."

경식은 어깨를 으쓱이며 빙긋 웃었다.

"나도 그 정도 생각은 다 하고 있었다고."

콰아아앙!

댕댕댕댕댕댕!

경보음이 울리며 우르르 거리는 소리가 들려 왔다. 하지만 그 소란은 이곳을 향하는 것이 아니었다. 경비병이 이곳에 오는 것은 몰래 오는 것이지, 저렇게 요란하게 오라고 시킨 적은 없기 때문이다.

바깥에 어떠한 사단이 난 것이 분명했다.

                    *   *   *

"크하하하하하! 많이도 모였구나, 이 조무래기들아!"

"뭐, 뭐야. 무, 무서워."

"뭐 저렇게 커? 어, 어쩌지?"

모두들 눈앞의 사람 같지도 않은 인간을 바라보며 공포에 떨고 있었다.

그가 쥐고 있는 것은 두 구의 시체였다.

그렇다.

제이크는 두 명의 경비병을 강아지 목덜미 잡고 들어 올리듯 들어 올린 채, 주변 공기가 떨릴 만큼 거대한 웃음소리를 내고 있었다.

"크하하하하하하하!"

'주, 죽은 척하자.'

'이, 이게 무슨 꼴이야, 이게.'

두 명의 경비병.

조금 전에 암살자로 변장한 경식을 보내 준 그 경비병들이었다.

'우, 우리가 무슨 죄를 지은 거지?'

'왜 우리한테만 이런 일이 일어나는 겐가?'

'커흐흙 아직 결혼도 못했는데 죽게 생겼어.'

'호, 호랑이에게 물려 가도 정신만 바짝 차리면 살 수 있다지 않은가?'

'저게 호랑이인가? 완전 오우거 아닌가, 오우거!'

'커흐흐흑. 여보 보고 싶소.'

'커흑. 끄흐흙!'

둘이 그런 생각을 하건 말건, 둘을 들어 올리고 있는 제이크가 눈앞의 경비병들을 바라보며 외쳤다.

"녀석들! 왜 달려들지 않는 것이냐! 너희의 숫자는 못해도 50! 나는 한 명이다!"

제이크는 그리 말하며 두 명의 경비병을 놓아주었다. 두 경비병은 죽은 척을 하기로 마음먹었는지 추욱 늘어진 채 바닥에 대자로 엎드려버렸다.

제이크가 벽에 주먹을 휘둘렀다.

그 주먹엔 갈색 아지랑이가 뭉게뭉게 피어오르고 있었다.

물론 그걸 볼 수 있는 사람은 없겠지만 말이다.

콰아아아아아아아앙!

벽이 가루가 되어 흩날렸다.

파편이 튀기는 게 아니라 가루가 되어 흩어진 것이다!

덜덜덜덜

경비병들이 더더욱 겁에 질렸다.

"자 어디 너희들의 근성을 보여 봐라! 요 앞에 두 녀석들은 그런 근성이 있었다! 나에게 달려들 정도의 근성! 그 정도의 근성이 너희에게 없는 것이냐!"

발그레.

옆에서 듣고 있던 두 경비병의 얼굴에 홍조가 어렸다.

'우, 우리 왠지 좋은 것 같다.'

'그래. 바락바락 개기길 잘 했어. 우리의 평판이 올라갈 거야.'

물론 둘이 그런 생각을 하며 좋아하건 말건, 50명의 경비병들은 제이크에게 달려들 생각이 없었다.

방금 전 벽이 바스러지는 것을 두 눈으로 똑똑히 목도했는데 무슨 얼어 죽을 놈의 공격이란 말인가?

"그, 근성이고 나발이고!"

"어, 어쩌지? 기사 나으리들을 불러야 되나?"

쾅! 쾅쾅쾅!

"오메메! 벽 다 무너지것네!"

"흘흘흘."

제이크는 연금술사 길드로 들어갈 생각이 없었다. 다만 경식이 말한 대로 이곳에서 난동을 부려 이목을 끌고, 그 사이에 경식이 트롤 신의 영혼을 구출해서 바깥으로 가는 것이 이번 계획의 핵심이었다.

기사가 나오면 더 좋다.

"얼마든, 의리로! 근성으로 다 상대해 주마! 와라아아아!"

쾅쾅쾅!

그의 주먹이 바닥과 벽을 가루로 만들어갔다.

제이크가 한 발자국 앞으로 가면, 나머지들이 놀라서 한 걸음 뒷걸음질 친 채 벌벌벌 떨었다.

이건 말 그대로 대치상황. 제이크가 원하던 바였다.

우르르르.

그러던 중 경비병들이 비켜서며 길이 만들어지더니, 일단의 무리들이 앞으로 걸어 나왔다.

갑옷을 두른 기사 5명이었다.

"뭐 하는 녀석이냐!"

기사들 중 한 명이 의미 없는 질문을 했다.

제이크가 씩 웃으면서 대답했다.

"너희의 근성을 시험할 제이크님이시다."

Chapter 2
엘바론의 음모

쾅아아앙!

경식의 주먹이 벽 깊숙이 꽂혔다가 뒤로 빠졌다.

쩌적. 쩌저적.

그리고 벽이 거미줄처럼 갈라지기 시작하더니 이내 와르르 무너져 내렸다.

"후아. 이건 정말 진이 다 빠지네."

[그래도 전보단 많이 안 힘들어하는데? 위력도 더 세진 것 같구?]

"에잉. 벽이 얇아서 그런 거야~ 세지긴 뭐가 세졌다고 그래~"

덜덜덜덜.

에바론은 말끔히 벽을 부숴 버리는 괴력에다가 허공에 대고 헛소리를 지껄이고 있는 경식을 보며 알 수 없는 공포를 느꼈다.

그러건 말건 경식은 벽 너머의 풍경을 바라봤다.

"과학실이 연상되는 방이로군."

실린더. 비이커. 그리고 알 수 없는 약품 냄새가 진동을 했고, 그 가운데에는 거대한 항아리가 있는데 그 안엔 무언가가 팔팔 끓여지고 있었다.

이건 뭐 '마녀의 음흉한 연구실'이라고 표현해야 맞을 정도로 뭔가 음산한 기운이 스쳐 지나갔다.

그리고 가장 끝 벽면에는,

사슬로 네 다리가 묶인 채, 비루한 앞 발목 동맥 쪽에 주사바늘 같은 게 꽂혀서 피를 왕창 뽑히고 있는 강아지 한 마리가 보였다.

입은 꽁꽁 막혀져 있었고, 두 개의 콧구멍 역시 기다란 호스가 연결되어 있었는데, 그곳으로 희뿌연 기체가 그의 기관지로 들어가는 것 같았다. 노란색 눈동자는 반쯤 감겨져서 의식을 희롱당하고 있는 듯 보였다. 아마 콧구멍으로 수면가스 같은 것이 계속 들어가고 있는 것 같았다.

거기다가 꼬리가 두 개인 걸 보니 경식이 찾던 그 녀석이

틀림없었다.

트롤들의 신.

붉은 어금니!

그 녀석이 빙의한 수잔나가 확실했다.

"어휴. 그렇게 나대더니 잡혀갖고 저러고 있네 그려."

[하이고오. 불쌍해라, 불쌍해.]

"우선 저 녀석을 풀어 주자. 그게 맞는 것 같다. 우선 저 콧구멍에 끼워진 호스부터 어떻게 해야겠네."

경식은 호스를 뽑으려 다가갔다.

그러자 엘바론이 대경실색해서 외쳤다.

"그, 그러지 마! 또 냄새 폭탄 터질 거야!"

흠칫.

왠지 무슨 말인지 짐작이 가는 듯했다. 그래서 아주 잠깐 멈칫 했지만, 그렇다고 해서 바뀌는 건 없었다.

"제, 제발 부탁이야. 그 녀석을 가져가지 말아 줘! 나, 난 그 녀석에게 사활을 걸었단 말이다!"

"……?"

경식이 뒤 돌아서 '그게 무슨 개소리냐'는 표정을 짓자, 엘바론이 울 듯한 표정으로 말을 이어나갔다.

"그, 그 녀석은 루티에르 종이다. 전 대륙에 100마리도 남지 않은 아주 귀한 녀석이지. 거기다가 저 녀석은 그런 루티에르 종들과 비교해서도 더 특별하다. 저 녀석은 트롤처럼……!"

"알아, 트롤처럼 재생력이 있고 냄새도 풍긴다고?"

"……아니 어떻게 알았지!"

그런 특별한 루티에르종이다. 그는 학회에 보고할 멋들어진 타이틀 연구가 필요했으며, 그것은 바로…….

"육체연성?"

"그렇다!"

그는 연금술의 궁극이라는 호문클루스를 만들기 전 단계인, 육체 연성을 통해 여러 종류의 생물을 합쳐 키메라를 만들 생각인 모양이었다.

"거의 다 끝나간다. 저 옆에 보이느냐? 저 생명 없는 육신이!"

그리 말하며 엘바론이 연구실 안쪽으로 급히 뛰어가더니 커튼으로 가려진 공간을 들췄다.

촤아악!

"……!"

그러자, 철창 안에 잠들어 있는 거대하고 흉측한 괴수가 모습을 드러냈다.

머리는 사자였고, 몸통의 상반신은 닭. 그리고 하반신은 사자였다. 날개는 박쥐의 날개를 가지고 있었는데, 꼬리는 뱀이었고 그 끝엔 흉측한 뱀의 머리가 달려 있었다.

하지만 숨을 쉬고 있지는 않았다.

그리고 그 아래에는 거대한 원과, 그 안쪽에 복잡한 도형들이 그려져 있는 기괴한 진이 그려져 있었다.

그것을 보던 왕년 노인이 인상을 찌푸렸다.

—흑마법과 연금술이 섞여 있구려.

[뭐야. 왕년 노인 저런 것도 알아?]

—불길하기 그지없소. 왕년에 저런 마법진을 본 적이 있었는데, 그 자는 마계의 마족과 계약을 하기 위해 저런 진을 그렸었지. 물론 원소 기호와 연금술에 기반한 도형들이 그려져 있으니 비슷하긴 하지만, 다른 무언가일 게요.

"엄청 위험한 거라는 거죠?"

그 말을 듣고 있던 엘바론이 크게 웃으며 말을 이어갔다.

"사자와 코카트리스, 그리고 와이번과 자이언트 아나콘다를 섞어서 만든 나의 걸작이다!"

걸작은 정말 걸작이었다. 저런 건 본 적도, 앞으로 보고 싶지도 않은 기괴한 생물이었다.

아니, 살아 있지 않으니 시체라고 하는 것이 옳으려나?

"움직이질 않는다며? 별로 감흥이 없잖아?"

"저, 저 녀석이 구동되려면 재물이 필요하다! 그것만 충족되…… 큭! 당할 뻔했군. 그 조건을 내가 말해 줄 수야 없지!"

자기가 북 치고 장구 치고 다 하는 듯한 엘바론의 태도에, 경식은 어이가 없어졌다.

"안 물어봤는데?"

[안 궁금하거든?]

"궁금하지도 않다거든?"

"……몬스터의 피 50리터다!"

모름지기 피에는 생명력이 깃들어 있다고 한다. 그것은 피가 돌아야 몸이 움직이기 때문이다.

그 피에게 생명력을 부여하는 매체가 바로 '영혼'이다.

하지만 때에 따라서는 피에 생명력이 먼저 붙고, 그것을 기반으로 '영혼'이 만들어지는 기괴한 현상을 만들 수도 있다.

그런 것을 가능케 하는 것은 흑마법. 내지는 연금술이다.

"피 50리터는 충족되었다. 그것도 무려 트롤의 피지! 트롤은 생명력이 강해. 게다가 저 돌연변의 루티에르 종의 피 역시 섞여 있으니 더욱 좋지!"

"뭐야. 조건은 만족된 거네?"

"아니, 하나가 더 남았다."

엘바론의 손가락이 붉은 어금니를 가리켰다.

"마계의 피가 적절하게 섞인 생물의 육신이 필요하다!"

"역시. 연구 재료로 쓰려고 그랬던 거네?"

경식은 혀를 끌끌 찼다.

눈앞의 저 미친 녀석이 차라리 불쌍하기까지 하다.

"키메라를 만들어서 무얼 할 건데?"

"학회에 보고하고, 내 이름을 떨칠 것이다. 내 이름은 내가 죽고도 천 년간을 살겠지!"

—저자는 참으로 무의미한 짓을 하고 있구먼.

[바보가 신념을 가지면 무섭다는 말이 소름 끼치도록 맞아떨어지고 있어.]

"쯧. 뭐…… 그래도 나쁘진 않은 것 같은데? 남에게 피해 주는 건 아니잖아? 뭐랄까…… 사람을 대상으로 한 실험도 아니고, 물론 연구재료로 쓰기 위해서 루티에르 종을 사려고 했고 살 필요가 없어지자 암살을…… 역시 나쁜 새끼네, 이거."

경식은 득달같이 엘바론에게로 달려갔다. 엘바론은 대경실색하여 옆에 있던 의자를 들어 던졌지만, 그는 가볍게 피한 후 엘바론의 멱살을 쥐었다.

꽈아악!

엘바론이 공중에 뜬 채 괴로운 표정으로 경식을 바라봤다.

경식은 그런 엘바론을 노려보고만 있었다.

"자신의 목적을 위해서라면 무슨 짓을 해도 되냐? 아니, 그 이전에 분풀이로 사람을 죽이려고 해?"

"큭큭큭! 하지만 넌 안 그러잖아? 그렇지?"

"……!"

"인간은…… 인간. 해치지 않는다. 맞지?"

"……혹성탈출찍냐, 지금?"

유인원은 유인원을 해치지 않는 것도 아니고……이건 뭐, 경식이 자신에게 해코지를 하지 않을 거라는 자신감에 도발까지 해 버린다.

그런 도발에 넘어갈 경식이 아니었다.

죽이지 못하더라도 할 수 있는 건 얼마든지 있는 것이다.

크아아아!

"쿠엑!"

충격파가 엘바론의 턱에 정통으로 들어갔다. 높게 쳐들어진 엘바론의 턱이 곧 푹 꺾였다. 이미 눈은 까뒤집혀 있었다.

기절한 것이었다.

털썩.

"짜식이 말이야. 까불고 있어."

경식은 엘바론을 아무렇게나 팽개친 후 붉은 어금니에게로 다가갔다.

그리고 콧구멍에 쑤셔 넣어진 호스 두 개를 뽑았다.

쑤우욱!

들어간 길이만 30센티가 넘어갔다.

"깊게도 들어갔었네. 그려."

경식은 찬찬히 붉은 어금니의 몸 상태를 살펴보았다.

"흐음, 좀 기다려야겠네."

꽤나 독한 마취 가스였는지 풀린 눈은 또랑또랑해질 생각을 안 하고 있었다.

*　　　*　　　*

"저, 저 괴물 녀석!"

"세상에! 오우거란 말인가!"

"크하하핫핫핫핫핫!"

기사들의 검이 날아오자, 제이크는 그것을 피하지도 않은 채 주먹을 날렸다.

주먹과 검이 부딪친다.

그런데 이상하게 검이 부러진다?

그리고 다음 부러질 것은?

콰앙!

기사의 이빨이었다.

우수수수.

강냉이가 몽땅 털린 기사가 뒷걸음질 치다가 풀썩 쓰려졌다.

기절한 것이다.

·······.

 그것을 바라보던 나머지 네 명의 기사가 이를 악물며 검을 곧추 세웠다.

 "차징 공격이다!"

 "좋지!"

 기사들의 전유물.

 차징 공격!

 그것은 말을 탄 후 추진력을 얻어서 창끝에 모든 무게중심을 싣는 기사들만의 기술이었다.

 물론 그들에겐 말이 없었고, 들고 있는 것도 검이었지만, 피땀 흘린 훈련으로 간이 차징이 완성되었다.

 게다가 이쪽은 네 명이다.

 그들은 끝없는 노력으로 이미 네 명의 힘을 4가 아닌 8로 극대화 시키는 기술을 고안해낸 상태였다.

 그들이 마치 한 몸인 것처럼 검을 들고, 말 그대로 제이크를 '덮쳐' 왔다.

 물론 제이크는 그 모습을 여유롭게 바라보고 있었지만 말이다.

 "크하하핫! 좋은 근성이다!"

 그의 몸에서 다시금 갈색의 아지랑이가 피어올랐다. 물론 다른 이들의 눈에는 보이지 않을 테지만, 분명 갈색의 아지랑이는 그의 온몸에 둘러져 있었다.

그 아지랑이가 한 곳으로 이동했다.

바로 기사들의 차징을 막아내는 제이크의 오른쪽 손바닥
이었다.

꽈우욱!

제이크는 차징 공격을 받아내며 두 발자국 물러났다.

하지만 그것이 전부였다.

공격을 막아 낸 그의 손바닥은 그저 눌린 자국만 있을 뿐,
피가 나지 않았다.

이제 제이크가 반격을 할 차례였다.

"으어이챠챠!"

제이크의 발이 맨 앞 기사의 복부를 밀듯이 차버렸다.

꽈당탕탕탕탕!

네 명의 기사마저 뒤로 나가떨어져 혼절했다.

제이크의 표정이 더욱 괴랄하게 변했다.

"크하하하! 너희들의 근성 알만 하구나!"

"거 아까부터 계속 근성, 근성 그러고 있구만?"

"흐음!?"

등 뒤에서 난 목소리. 뒤를 돌아보았다.

그리고 그곳엔 백 명이 넘는 사병들과, 그 사병들의 중앙
에서 예리한 검을 든 채 그 검으로 제이크를 겨누고 있는 기

사가 눈에 들어왔다.

"영주관할 붉은 사슴 기사단의 기사단장, 드억스다. 살생은 싫고, 네놈 역시 사람을 죽이지 않은 듯하니, 순순히 오랏줄을 받는다면 유혈사태는 일어나지 않을 것이다."

드억스는 그리 말하며 검을 하늘 위로 들어 올렸다.

촤아아악!

검에서 푸른빛이 불길처럼 피어올랐다.

그것을 기절한 척 지켜보던 두 경비병의 눈동자가 크게 부릅떠졌다.

'저, 저것은!'

'거의 오러에 가까운 마나 블러드다! 적어도 익스퍼트 상급!'

'아니, 이 촌구석에 저런 인재가 있었던가!'

'그만 하세. 왠지 그리 말하니 우리가 뭔가 대단한 사람 같군.'

둘의 표정이 안도감으로 물들었다.

기사에도 등급이 있는데, 맨 위에서 세 번째에 속하는 등급이 '상급'이었다. 그 위엔 최상급이 있고, 더 위에는 '마스터'의 경지가 있다.

그리고 그런 이들은 수도에나 있지 변방 영지에는 없다.

그런데 지금 눈앞에 나타난 것이다.

그것도 영지관할 기사단장이라고 한다.

'저 오우거도 곧 잡히겠어.'

'바닥이 차가웠는데 이제 좀 일어날 수 있겠군.'

둘이 그런 대화를 하건 말건,

제이크는 눈앞의 드억스를 뚱하니 바라보더니,

씨익.

웃어버린다.

제이크의 오른손이 등 뒤에 있는 소울이터를 쥐었다.

스르르륵.

소울이터를 가리고 있던 검은 가죽이 풀어져 나가며 곧게 뻗은 검신이 드러났다.

흰색도 검은색도 아닌 기분 나쁜 회색이었다.

"네놈. 소울이터를 뽑기에 합당한 녀석으로 보이는군."

"……?"

드억스의 눈빛 역시 의미심장해졌다.

"어디 한 번 덤벼 봐."

"너의 근성. 어디까지인지 지켜보겠다!"

두 무인이 중간 지점에서 검을 맞대었다.

조금 전 난동을 부리며 났던 모든 굉음을 더해도 시원찮을 만큼 거대한 소리가 울려 퍼졌다.

　　　　　*　　　*　　　*

꽈아아아아아아아아아아앙!

엄청난 굉음에 경식의 표정이 뜨억해졌다.

"와, 장난 아닌데?"

[처, 천둥이라도 친 거야?]

ㅡ으음 그건 아닌 것 같네. 뭐랄까, 큰 힘이 서로 부딪치는 소리라네. 분명 둘 중 한 명은 제이크겠군.

"아저씨가 잘해 주고 있나 보네요."

[그래, 뭐 그 녀석 강하다며? 잘해내고 있겠지.]

ㅡ강하지. 50년 전의 이름이지만, 그때보다 강하면 강했지 약하진 않을 걸세. 소리만 들어도 알 수 있지. 하하! 왜 소리만 들어도 잘 알 수 있냐고 물을 텐가? 그것은 왕년에 내가 저 녀석보다 더 강한…….

"어? 깨어났구만?"

[트롤 신이 깨어났네. 왕년 노인 왕년 자랑은 왕년에나 가서 하세요.]

ㅡ끄, 끄으응.

왕년 노인이 시무룩해졌지만 그것을 신경 쓰는 이는 아무도 없었다.

수잔나의 몸에 빙의 중인 트롤 신. 붉은 어금니는 초점이 돌아온 눈으로 주변을 둘러봤다.

낯선 곳일 것이다.

하지만 그 낯선 틈바귀 속에 단 하나 낯설지 않은 것이 있었다.

한번 본 적 있는 경식 일행이었다.

[크르르! 느늠드리! 느를 의르케 그드늣는그!]

입을 막아놔서 말을 제대로 하지 못하는 듯했다.

구미호가 그런 붉은 어금니에게 다가와 상냥하게 말했다.

[오해하지 마. 우린 너를 구하러 온 거야. 저기 보이지? 쓰러져 있는 돼지새끼.]

그 말에 구미호가 가리킨 곳으로 고개를 돌리자, 아니나 다를까 엘바론이 눈을 까뒤집은 채 해롱거리고 있었다.

―우리가 자네 구하려고 여기까지 온 걸세. 모두 쳐부수면서 말이야.

꽈아아아아아앙!

타이밍 좋게도 앞뜰(?)에서 제이크가 칼 부리는 소리가 요란하게 떨어 울렸다.

"들었지? 우린 널 구해 주러 온 거야."

[……크르르.]

"입을 풀어줄 거야. 그러니까 입 냄새 풍기면 안 돼, 알았지?"

[크르르르.]

대답은 하지 않았지만 긍정의 표시로 보였다. 경식은 붉은 어금니에게 다가가 그의 주둥이를 칭칭 감고 있는 가죽 밴드를 풀었다.

그러자 순간적으로 엄청난 냄새가 풍겨져 나왔다.

그것을 정면에서 들이켠 경식의 인상이 찌푸려졌다.

순간 욱했다.

"아오, 쌍! 입 냄새! 야! 구해 주러 왔는데 이러기냐!"

그 말에, 한껏 무거운 이미지를 고수하던 붉은 어금니의 표정이 한껏 일그러졌다.

그 표정은 순수한 억울함을 담고 있었다.

[크, 크르르르. 오랫동안. 크르르. 입을. 닫고 있어서. 그렇다!]

"네가 풍긴 게 아니라 루티에르종이 입 닫고 있어서 나는 입 냄새라는 거야?"

[그. 렇다!]

"그런 것치곤 심한데. 으음."

그런 말을 하며 경식은 한 발자국 뒤로 물러났다. 입 냄새가 좀 심했기 때문이다.

"자, 어디 보자. 우선 냄새를 뿌리지 않는…… 네가 안 뿌린 것 맞지?"

[맞다! 크르! 내가 했으면. 넌! 쓰러졌다.]

음. 뭐 그건 맞는 말 같았다. 제이크마저 쓰러뜨린 그 냄새 공격은 정말 대단한 것이었으니 말이다.

"말했다시피 우린 널 구하러 왔어. 그런데, 너는 왜 잡혀 있는 거야? 그렇게 자신만만해하더니?"

[…….]

붉은 어금니는 분하다는 듯 아무 말도 없었다.

그러더니 힘겹게 어렵사리 입을 열었다.

[동족들이. 나를. 알아보지 못했다.]

*　　　*　　　*

붉은 어금니는 이곳에 힘들게 잠입했다. 팔자에도 없는 귀여운 척 온갖 아양을 떨어가며 경비병들을 지나쳤고, 몸통 박치기를 수차례 반복한 끝에 나무문을 부수고 안으로 들어갈 수 있었다.

그 이후로도 경비병들의 공격이 간간히 이루어졌고 그럴 때마다 붉은 어금니는 지나쳐 가거나 기절시키고 이동했다.

기사가 중간에 그의 길을 막았을 때는 팔자에도 없는 죽은 척 연기도 해야 했다.

그리고 마지막에는 그의 궁극의 기술인 '채취 방사'를 사용해서 모두를 기절시키기도 했다.

"채취 방사라기보다는 그냥 암내 뿌리기 같은데……."

[크륵! 끝까지. 들어라!]

어찌 되었건 붉은 어금니는 동포들과 만나는 데에 성공했다. 그들의 속박을 풀어주었고, 같이 나가자고 선동을 하였다.

하지만 여기서 변수가 작용한다.

끝없는 고생 끝에 동포들의 이성이 이미 마비되었고, 그런 이성을 바로잡아 줄 정도의 힘이 그에게는 없었던 것이다.

[정확히는. 이. 비루한. 몸뚱이…… 때문이지.]

같은 동포의 몸속에라도 들어갔으면 이야기가 달라졌을지도 몰랐다. 하지만, 마계의 피가 섞였다고는 하지만 비루한 강아지의 몸에 들어와 있으니 그의 존재감을 맘껏 발산하지 못했던 것이다.

"존재감 발산? 그게 뭔데?"

[……우리 동포들 사이엔 채취를 겨룸으로써 지휘고하를 따지는. 풍습이. 있다.]

[뭐야. 결국 누가 더 고약한 냄새를 풍기냐에 따라 서열이 정해진다는 거네?]

[크르! 왠지 맞는데. 기분. 나쁘다!]

—헐헐헐. 트롤에게도 그런 풍습이 존재했다니, 이거 오래

살고 볼일이군. 아 물론 내가 지금 살아 있는 건 아니고, 왕
년에나 살아 있었지만 말일세.

물론 그의 왕년에 관심이 있는 건 왕년 노인 자신밖에 없
었다.

"어쨌든 간에 그래서, 서열 싸움에서 실패했구나?"

[그것도. 그렇지만…… 아예 나를 상대. 해 주지 않았다.
난. 동포들에게 그저…….]

붉은 어금니는 소름이 끼치는지 진저리를 치며 말했다.

[먹이. 그 이상도. 그 이하도 아니었지.]

그 이후로는 34마리의 트롤들이 1마리의 붉은 어금니를
먹으려고 아귀처럼 달려드는 것을 제외하면 아무것도 없었
다.

그는 도망 다녔고, 굶주린 동포들은 그런 붉은 어금니를
어떻게든 먹으려 애썼다.

도저히 저들을 데리고 도망치기엔 버거웠다. 그렇다고 여
기까지 와서 도망칠 생각도 없었다.

일단 창살 바깥으로 나왔다.

창살의 크기는 동포 하나가 겨우 빠져나올 정도의 공간이
있는데, 이성을 잃은 동포들이 단체로 붉은 어금니에게 달려
드는 바람에, 문틈에 끼어서 빠져나올 수가 없는 것이다.

[이, 이걸. 어쩐다.]

당황스러웠다. 그리고 고민을 해봐야 할 문제였다.

하지만 고민을 하기도 전에 일단의 무리들이 아래쪽으로 내려왔다. 인간들이었다.

물론 붉은 어금니는 그것에 대해선 걱정하지 않았다.

아직 그가 쓸 수 있는 채취 방사는 한 번 정도 남아 있었기 때문이다.

그는 거리낌 없이 채취를 방사했다.

달려오는 족족 자신의 채취를 맡고 그 위대함에 인간들이 고개를 조아릴 것을 믿어 의심치 않으면서 말이다.

하지만.

콰아아아아아!

"미친놈! 냄새 가면 썼다!"

"야! STM이라고 해야지?"

"시끄러 인마. 우선 냄새 차단했잖아."

"아이고, 시야가 뿌예서 공격하기가 힘드네! 뭐 저런 냄새가 다 있었을까?"

"이봐요, 기사 나으리들. 괜찮으십니까?"

경비병들이 대거 몰려들어왔는데, 단 한 명도 쓰러질 기색이 없었다. 오히려 빈사상태에 빠진 기사들에게 특유의 마스크를 씌워주며 다독이고 있었고, 또 그것을 쓴 기사들은 비틀거리면서 일어나기까지 했다.

도대체 저 가면이 뭐지?

그런 생각을 하는데, 뒤에서 내려오는 후발 경비원이 무언가를 가지고 들어왔다.

그것은 구렁이처럼 굵고 긴 호스였다.

"다 냄새가면 썼지?"

"이상 무!"

"그럼 이제 발전기 돌려!"

그리고 그 호스에서 뿜어져 나온 것이 바로 지금껏 붉은 어금니의 정신을 몽롱하게 만들었던 수면 가스였다.

[크륵. 크르르륵!]

털썩. 털썩털썩.

광기에 차 있던 동포들이 하나 둘 쓰러지는 것이 보였다.

반면 인간들은 무사했다.

그들은 모두 이상한 가면을 쓰고 있었다.

그 가면에 냄새가 막힌 것 같았다.

최면 가스마저 말이다.

마지막 동포가 쓰러지는 것까지 본 붉은 어금니는 누군가가 자신을 들어 올리고 있다는 것을 느낄 수 있었다.

기사들을 선동 질하던 기사단장 녀석이었다.

[크, 크르르르.]

"죽이고 싶다만, 루티에르 종이군. 우선 데려간다."

저항하려 했지만 몸에 힘이 들어가질 않았다. 채취 방사를 사용하기 위해 입을 열었지만, 이미 채취는 바닥 난 상태. 그 공백을 수면 가스가 채우며 그의 의식을 더더욱 아득한 어둠 속으로 밀어 넣어 버렸다.

Chapter 3
붉은 어금니

콰아아아아아앙!

크하하하하하하하하핫!

이야기가 끝났고, 제이크의 웃음소리와 엄청난 굉음은 소름 끼치도록 거대하게 들려오고 있었다.

어쨌든, 붉은 어금니의 이야기는 끝이 났다.

"으음, 애석하게 되었군."

해 줄 말이 뭐 이런 것들밖에 없었다.

[크르르…… 그 이후로 이러고. 있다.]

"그러고 있었군. 으음."

왠지 숙연해졌다. 붉은 어금니의 입장에선 정말 절망적인 결과였을 테니까 말이다.

[나를. 크르르…… 가두려고. 왔나.]

"가두려고라……."

붉은 어금니는 나름대로의 지능이 있는 모양이었다. 오크와 같이 단순하진 않았다. 몬스터라고 해도, 자신이 무얼 해야 할지, 무슨 일을 당하고 있는지. 상황이 어떻게 돌아가고 있는지 영리하게 잘 알아듣고 있었다.

"으음, 우선 너를 가지려는 건 맞아. 표현이 어떻게 되었든, 너를 나에게 임하게 하고, 너의 힘을 쓰고 싶어서 너를 찾아다닌 건 맞으니까."

[크륵. 내가. 그렇게 해 줄. 것 같나?]

"으음, 지금 보면 그렇진 않겠지. 하지만……."

[취익! 저런 트롤은 필요 없음! 내가 다 알아서 힘 빌려주겠음! 취익!]

"아니 너는 갑자기 왜 또 튀어나와서……."

[취이이익! 트롤과 취익! 한 방을 쓸 바에는! 차라리 죽는 게 낫다고 생각한다, 나는! 취이익!]

그 말에, 붉은 어금니가 화답했다.

[나도. 동감이다. 맛도 없고 질기디. 질긴 육질의 오크는. 줘도. 안 먹으. 니까. 크르르르!]

[취익! 내가 살아생전! 죽인 트롤만 해도 다 셀 수 없지, 살

아생전! 취익!]

[묘한 말투를. 쓴다. 오크 태생의. 무식함이 만들어 낸. 말투던가.]

[취이이이이익!]

둘의 대화를 듣던 구미호가 한숨을 내쉬었다.

[거참 시끄럽네. 왜 이리 둘이 사이가 안 좋은 거야?]

—헐헐. 안 좋을 만도 하오. 대부분의 오크들은 트롤의 한 끼 식사로 전락한 지 오래이니 말이오.

하긴, 둘의 종족은 서로 먹고 먹히는 존재였고, 오크 신은 그런 가운데에 트롤을 쳐 죽이고, 먹으며 자신을 성장시켜 왔을 것이었다.

그러니 오크 신의 증오심은 거대할 테고, 붉은 어금니는 그런 오크를 아랫것 보듯이 볼 수밖에 없는 관계인 것이다.

말 그대로 물과 불의 관계.

절대로 둘은 친해질 수가 없는 것이다.

[그래도 경식아, 걱정 마. 어차피 저 녀석은 내가 꽉 잡고 있잖아? 내 여우구슬에 들어오는 건 마음대로였지만, 나갈 때는 아니라구.]

[취익! 나를! 보내 주어라, 나를! 취익!]

[그럴 수 없지~ 너 꽤나 쓸 만한 녀석이거든. 우린 너를 높게 평가하고 있어~ 그러니까 절대로 놓아주지 않을 거야!]

[취이이익! 빌어먹으으을!]

그 대화를 듣던 붉은 어금니가 피식 웃었다.

[저런 상황인데, 나를. 너에게로 끌어들이겠다고?]

"으음, 그, 그게 말이지."

경식은 한숨을 푹 내쉬며 속으로 중얼거렸다.

'이 빌어먹을 오크 새끼야. 네가 지금 다 분탕질 쳐놔서 이게 무슨 꼴이야! 나에게로 저 녀석이 오겠냐? 오겠어!'

[취이익! 필요 없다! 내가! 다 한다! 내가 많이 도와주겠다! 취이익!]

경식에게 협조하는 것보다 붉은 어금니와 같은 공간을 공유하는 것이 싫다는 것은, 말 그대로 죽기보다 그것이 싫다는 것과 매한가지인 듯했다.

아아, 상성이 참 맞질 않는다.

'이거 어쩐담……'

애초에 트롤이 경식에게로 몸을 담는 게 문제였다. 그 이후부턴 가둬서라도 부려먹으면 되는 일이다.

'물론 최대한 그러고 싶지 않지만.'

경식의 생각이 어떻게 되었건 간에, 그것을 말로 설명해봤자 믿어주질 않을 테니 할 말이 없는 느낌.

그러던 중에 먼저 운을 뗀 것은 놀랍게도 붉은 어금니였다.

[너희들은. 강한가?]

으음, 꽤나 대답하기 곤란한 질문이었다.

*   *   *

[너희들은. 강한가?]

그것에 대한 대답을 어떻게 해야 할지 막막했다. 강하다면 강하고, 약하다면 약했기 때문이다.

제이크가 자신에게 있으니 강하다. 제이크는 강하고, 자신은 어찌 된 영문인지 몰라도 제이크의 마스터였으니까.

하지만 제이크가 없는 자신은?

보시는 바와 같이 변방 영지의 작은 길드에 침투하는 것마저 속임수로 들어가야 할 만큼 그다지 강하지 않았다.

경식이 고민하고 있을 때, 그 눈을 보던 붉은 어금니가 피식 웃었다.

[적어도. 거짓말. 안 하는군.]

"으, 으음. 그래, 강하진 않은 것 같아. 그런데 약하지도 않아."

[적어도. 지금의 나보다는…… 강하다.]

"아무래도 그렇다고 할 수 있지."

조금 고민의 기색을 내비치던 붉은 어금니가 말했다.

[내 삶은. 죽임. 죽임 당함의. 연속이었다.]

'뭐야. 갑자기 과거 회상 시간인가?'

그 말에 구미호가 속삭였다.

[그냥 가만히 있자. 겁내 가만히 있어야 할 것만 같아.]

뭔가 붉은 어금니가 감성에 젖어 하는 것 같으니, 그냥 가마니처럼 가만히 있어야 할 것 같았다.

* * *

붉은 어금니가 처음부터 트롤 중 가장 강한 개체는 아니었다. 그에게도 수련(?)이라는 것이 필요했고, 그 수련이란 것이 종족마다 다 달랐다.

그가 하는 수련이란 것은, 먹고, 먹고, 또 먹는 것이었다.

종족 이외의 것을 먹는 모든 활동.

그것이 트롤들에겐 수련이었고, 그것으로 인해 성장했다.

성장하기 위한 모든 행위가 '수련'이라는 말로 정의된다면, 붉은 어금니는 태어나면서부터 수련이란 것을 계속 하고 있었던 것이다.

모든 트롤들이 그런 수련은 계속 하였다. 태어날 때부터 죽어날 때까지 계속 하는 게 그러한 수련이었다. 트롤의 나이는 200년 남짓이었고, 재수 없게 인간 모험가들에게 집단린

치를 당하지 않거나, 오우거를 만나지 않는다면 자연사 하는 게 보통이었다.

그런 트롤들 중에서 붉은 어금니가 유난히도 두각을 나타낼 수 있었던 이유는, 그가 재능이 뛰어나거나 기민해서가 아니었다.

그저 자신이 붉은 어금니 부족의 족장 외아들이었기 때문이었다.

트롤들은 보통 한 번에 한 마리씩 새끼를 낳지만, 일부다처제이기 때문에 한 가정을 채우는 자식이 10마리는 넘어갔다. 자식들끼리도 세력다툼이 많아서, 오히려 족장 아들이라도 힘없는 막내라면 다른 집 맏아들보다 돌아가는 식사가 적었다.

그다지 좋은 조건인 것만은 아닌 것이다.

하지만 그의 아버지는 사냥을 마치고 돌아오는 어느 날 생식기가 잘려나갔다.

—내가 고자라니!

족장의 상심은 크디컸다.

재생을 밥 먹듯이 할 수 있는 트롤이라 대수롭지 않을 줄 알았건만, 당한 상처가 인간에 의한 상처이고, 재수 없게도 그 인간이 오러라는 기술을 사용하는 상급 기사였다는 게 문제였다.

그래서 첫째인 붉은 어금니를 제외하고는 자식을 낳지 못했다. 하지만 슬기롭게 부족을 끌고 나가서, 그는 50년 후에도 부족을 이끄는 어엿한 족장이 될 수 있었다.

물론 족장의 아들로서, 풍요로운 수련을 할 수 있었던 붉은 어금니는 타의 추종을 불허하는 힘과 재생력, 그리고 냄새(……)를 자랑했다.

트롤들에게 채취란, 활발한 재생력이 남기는 부산물 같은 것.

그 때문에 재생력이 활발해야 냄새가 강하고, 냄새가 강한 개체는 재생력 역시 강했다.

가장 강한 개체라는 뜻이 된다.

붉은 어금니는 100년이 지나 아버지가 돌아가실 즈음, 그 누구도 넘볼 수 없는 최고의 족장이 되었다.

그는 자신들의 천적이라는 오우거 사냥에도 많은 성공을 이루었으며, 그의 부족은 적어도 오우거를 두렵게 여기지 않아도 되었다.

오우거가 아무리 강해 봤자 3마리 이상 무리 짓지 않았고, 붉은 어금니가 족히 오우거 3 마리를 감당할 수 있을 만큼 강했기 때문이다.

그의 부족은 날로 번성해 갔다. 오크들은 물론이고, 인간들에게까지 악명을 끼칠 정도로 강력해졌다.

인간들이 자신들을 향해 대대적인 토벌을 벌였지만 그들은 굴하지 않았다. 물론 소드마스터라고 불리는 인간이 왔을 때엔 조심스럽기는 했다.

아버지가 돌아가시기 전 유언으로 남긴 말 때문이었다.

인간은. 약하지만 소드마스터는 강.하다. 검에서 강한
연기를. 뿜는 녀석은 피해라. 아비처럼. 고자 된다.

물론 그 역시 고자가 되긴 싫었기 때문에 조심에 조심을 거듭했었다.

결국 소드마스터를 없앨 수 있었고, 토벌도 무사히 끝이 나 인간들의 나라에선 그들 부족을 어찌하지 못했다.

세상이 마치 자신들 것 같았다.

하지만,

단 한 마리의 오우거로 인해 그의 종족은 뿔뿔이 흩어지고 만다.

오우거들은 보통 3마리씩 무리를 짓는다. 수컷 두 마리와 암컷 한 마리가 한 가족인 것이다.

암컷이 지배하는 사회인지라 암컷이 수컷보다 강했다.

그런데 이 암컷 오우거는 수컷을 5마리씩 데리고 다녔다.

능력 좋은 암컷이라 감탄했지만, 바짝 긴장했다.

여섯 마리의 오우거.

감당할 수 있을지 의문이었던 것이다.

일단 암컷 오우거가 붉은 어금니와 대치했다. 어찌 된 영문인지 나머지 다섯 수컷 오우거는 공격을 하지 않고 기다렸다.

잘 되었다 싶었다. 암컷 오우거를 죽이면 수컷들은 알아서 흩어질 것 같았기 때문이다. 그리고 오우거 한 마리쯤이야, 자신 있었다.

하지만 그 암컷 오우거는 정말 장난이 아니었다. 웬만한 오우거 못지않은 그의 완력에도 끄떡없었고, 채취 방사에도 전혀 영향을 받지 않았다. 힘은 또 어찌나 센지, 빗맞은 공격에 모든 재생력을 쏟아 부어야 할 정도였다.

마치 무쇠로 된 무쇠거인과 맞붙는 듯한 느낌이었다.

이대로 가다간 자신의 패배는 물론 부족들이 모두 죽을 것 같다는 생각에 퇴각을 결심했다.

인간들에게도 보이지 않던 자신의 등을 오우거에게 보여야 하는 게 슬펐지만, 어쩔 수 없었다.

─퇴각. 퇴각이다! 터전. 버린다! 산으로 올라…….

크아아아아아아아아아아!

그때 울린 엄청난 고함소리!

그것은, 오우거들 중 암컷만이 발휘할 수 있는 '피어'라는 것이었다.

주변 모든 생물들에게 공포를 심어주는 피어.

그 피어에 노출되면 움직임이 느려지고, 겁을 먹고 도망치거나, 심하면 몸이 굳어 죽음을 기다려야만 하는 신세가 된다.

그리고 이 오크 암컷이 발하는 피어는 붉은 어금니가 겪었던 모든 피어들보다 강력했다.

……

모두가 굳었다.

붉은 어금니 역시 움직임이 둔해졌다.

그 이후론 학살이 시작되었다.

그는 동족들과 자신이 일궈낸 터전이 모두 쑥대밭이 되는 것을 지켜봐야만 했고, 그런 와중에 자신의 소중한 모든 것을 잃게 되었다.

그리고 자신의 목숨마저도 말이다.

그것이 모두 그 저주스러운 오우거 때문이었다.

붉은 어금니가 영혼이 되어서도 흩어지지 않고 구천을 떠돌던 것도 그 때문이었다.

그는 복수심에 불타올라 있었다.

하지만 복수를 할 방법은 없었다. 아니, 복수를 하기도 전에 인간의 무리가 그를 찾아왔다.

마치 자신이 있는 곳을 익히 아는 것처럼 말이다.

그리고 저항하는 자신을 제압하고, 가두었다.

가둔 후엔 자신의 힘을 빼내어 쓰기 위해서 무차별적인 영적 폭력을 당해야 했다.

굴복한 적은 단 한 번도 없었으나, 시간이 흐르고 나니 그는 어느새 그들에게 타협하고 있었다.

복수심도 옅어져 갔다.

노예 생활에 익숙해져 갔다.

그렇기 자기 자신을 놓고, 힘을 빌려주는 도구로써 살아가게 되었던 것이다.

*   *   *

[얼마 전. 풀려났다. 이미 날. 가둔 것들. 사라지고 없다. 그 오우거. 죽었다. 오우거 생명. 트롤보다. 짧다. 그러는 중. 만난 것. 동포들의 울음소리다.]

그는 이곳으로 올 수밖에 없었다. 최선을 다 했고, 그 결과 이렇게 잡혔다.

[배신감. 들지 않는다. 다만. 이 몸뚱어리로. 그들을 구할. 수 없다. 다른 몸. 필요하다. 다른. 몸.]

다른 몸이 필요하다고 말하며, 붉은 어금니는 경식을 보았다.

경식은 약간 소름이 끼치는 것을 느꼈다.

"내, 내 몸을 노리는 것이냐? 나, 나는 쉬운 남자가 아니다!"

듣고 있던 구미호가 어이없어 했다.

[이게 무슨 개소리야? 야! 들어오겠다는데 네가 왜 마다해? 웅?]

"아, 아니 왠지 저 시선이 참……."

뭐랄까. 먹이를 노리는 사자의 눈빛이랄까? 뭔가 상당히 석연치 않은 구석이 있었다.

하지만 붉은 어금니는 밋밋한 웃음을 지어 보였다.

[어차피. 너 역시 똑같다. 안다. 날 구속하고. 부려먹겠지. 하지만 그게. 죽는 것보다. 낫다. 사라지긴. 싫다.]

몬스터의 생존욕구는 대단한 것이어서, 죽어서까지 살고 싶다는 생각을 품게 만드는 것 같았다.

[취이익! 더러운 본성! 그것은 긍지 없는 거지근성! 취익!]

듣고 있던 오크 신이 비아냥거렸다.

하지만 붉은 어금니는 오크의 말 따위는 전혀 신경 쓰이지 않는다는 듯 무시한 채 말을 이어갔다.

[내 부탁. 들어주면. 너를. 위해. 힘. 주겠다.]

마다할 것이 아니었다.

그리고 붉은 어금니가 원하는 바가 무엇인지도 대충 짐작이 갔다.

"저 트롤들. 풀어 달라고?"

그 말에, 붉은 어금니가 고개를 끄덕였다.

[그렇다. 그들. 풀어 주어라. 동포를. 지키지 못한. 죄……
씻을 길 없지만, 조금이라도. 조금이라도…….]

경식은 가슴이 먹먹해지는 것을 느꼈다. 인간도 저런 식의
생각을 하진 못할 것이다. 하물며 몬스터인 붉은 어금니가
저런 감정을 표출하는데, 뭉클하지 않을 수가 없었다.

경식은 순순히 고개를 끄덕였다.

원래는 어떻게든 붉은 어금니를 취한 후 빨리 벗어날 생각
이었지만, 계획을 조금 변경해야 할 것 같았다.

"제이크 아저씨 큰일이네. 오래 버틸 수 있으려나?"

＊　　　＊　　　＊

물론 제이크는 경식이 걱정할 필요가 없었다.

꽝!

제이크가 휘두른 소울이터 한 방에, 호기 좋게 달려들던
드억스가 뒤로 쭉 하고 밀려난 것이 바로 20분 전이었다.

그리고 지금이 10합째다.

살을 베려고 했던 드억스의 검은 제이크의 검만을 때리고

있었고, 그 검과 맞부딪치는 순간 온몸의 마나가 진탕하며 자꾸만 입에서 죽은피가 뿜어져 나오고 있었다.

검을 부딪치는 것만으로도 엄청난 차이를 보이는 것이다.

'이, 이것은 정녕……'

그는 대륙에서 50명 안에 드는 검사였다. 때문에 변방이라고는 하나, 몬스터가 많은 이곳에서 2인자 노릇을 하고 있었던 것이다.

그렇게 그는 대단한 검사다.

하지만 그런 대단한 검사도 사사받은 스승이 있고, 그 스승은 지금 대륙에서 10손가락 안에 드는 10대 소드마스터 중한 명이었다.

우러러 볼 수도 없는 분.

지금 눈앞의 말도 안 되는 무력을 보이는 자와 검을 맞대면, 그 우러러 보아야만 하는 스승님이 떠오른다.

스승님만큼의 강자인 것이 분명했다.

쾅!

마지막 검을 휘두른 후, 뒤로 물러나며 드윅스는 이를 악물었다. 아마 저 거한이 양 발을 떼고 반격이라도 했다면, 드윅스는 이미 이 세상 사람이 아니었을 것이다.

"지금까지의 무례를 용서해 주십시오."

제이크는 호쾌하게 웃었다.

"흥! 무례일 것까지야! 너의 근성이 이 정도밖에 안 된다니 실망일 뿐이다!"

"……?"

"좀 더 검을 부딪쳐 와라! 살아 있음을 증명해! 만약 나의 흥이 깨어진다면……."

제이크의 입에서 악귀 같은 미소가 그려졌다.

"내 소울이터가 너의 영혼을 먹을 테니."

오싹.

무슨 뜻으로 하는 말인지는 모르겠다. 하지만 어떤 말이든 간에 상당히 위협적이고 그것을 듣자마자 오싹한 기운이 들은 것은 사실이다.

반면 제이크의 얼굴엔 귀찮은 표정이 떠나질 못하고 있었다. 드억스가 오기 전에는 더욱 귀찮고 무료했다. 도저히 자신에게 근성을 보여주는 자가 없었기 때문이다.

저 녀석 역시 자신의 밑천을 드러내고 있지 않은가.

마스터에게는 본인이 안쪽에 있는 동안 이곳의 이목을 끌어달라고 명령받았다. 그 명령에는 별다른 제약이 없었지만, 제이크도 바보가 아니었다. 웬만하면 자신의 도움이 적게 들어가는 사이에 일을 해치우게 하고 싶었다.

그래야 성장을 하고, 근성이 늘어날 것이기 때문이었다.

하지만 생각보다 늦고 있다. 살짝 걱정이 들기도 했다.

'무슨 일이 있으면 그 영감탱이가 오기로 했는데…….'

영감탱이는 행동에 제약이 없으니 이리저리 왔다 갔다 할 수가 있었다. 그 영감탱이가 자신에게 오고 있지 않다는 건 주인님의 안전에는 문제가 없다는 뜻이기도 했다.

다행이긴 한데…….

제이크가 몸 안에 있는 소울 에너지를 담아 소리쳤다.

—심심하다아아아아아!

화웅!

웅혼한 소울 에너지가 주변에 퍼져 나가갔다. 그것을 들은 경비병들 중에는 엉덩방아를 찧는 이도 있었고 심하면 눈을 까뒤집고 혼절하는 사람도 있었다.

본인의 근원이 되는 영혼을 흔드는 목소리였기 때문이다.

그것을 듣고 드억스 역시 식겁해서 물러났다.

그리고 그 가공할 힘이 담긴 목소리로 한 말에 더욱 기가 막혔다.

"심심하다고! 심심하다고, 지금! 이 꼴 만들어놓고 심심하다고 했냐아아아아!"

방금 저 말이 도발이었다면 드억스에겐 세상에서 가장 잘 듣는 도발이었을 것이다.

드억스의 검이 조금 전과는 다르게 휘둘러졌다. 조금 전 공격이 그저 단순한 내려치기였다면, 이번 공격은 공중에서 풍차처럼 강하게 회전하며 추진력을 얻는 내려치기인 것이다.

"호오."

자신에게로 다가오는 검격을 바라보며 제이크가 씩 웃었다.

그리고 검을 들었다.

그의 검에서도 갈색 아지랑이가 뭉게뭉게 피어났다.

"조심하라. 네 근성이 딸리면 영혼이 빨린다."

드억스는 그때까지도 제이크가 무슨 소리를 하고 있는지 몰랐다.

하지만 검과 검이 맞부딪친 순간 알게 되었다.

쩌엉!

갑자기 높은 곳에서 떨어지는 듯 서늘한 기운과 함께 온몸이 옥죄어 오는 듯한 느낌을 받았다.

자기 자신이 빨려 들어가는 듯한 느낌

드억스는 놀라서 또다시 뒷걸음질 치고야 말았다.

물론 제이크의 발바닥은 대지를 굳건히 디딘 채 움직이지 않았고 말이다.

"그래도 근성이 있군. 소울이터가 네 영혼을 못 가져온 걸 보면."

"무슨…… 뜻이냐!"

"말 그대로의 뜻! 더 이상 나에게 덤비려거든 목숨을 걸어

라. 물론, 목숨을 걸지 않고 피하려 한다면 내가 손수 널 죽이겠다."

"뭘 어쩌란 말이냐!"

"근성! 근성을 보여라아아!"

그놈의 근성 타령은!

드억스가 곤란해 하고 있을 때, 제이크가 갑자기 허공을 응시했다.

"흐음. 영감탱이로군! 무슨 일인가!"

"⋯⋯?"

드억스는 고개를 갸웃했다. 저 미친놈이 진짜 미친 짓을 하고 있었다.

"흠! 그런가. 좀 번거롭군! 하지만 그런 하잘것없는 녀석에게까지 의리를 챙기시다니! 그 마음 존경할 만하다!"

쾅!

소울이터가 다시금 바닥을 쳤다.

바닥이 갈라지며 긴 도랑이 파였지만 그것을 보는 이들 중 아무도 놀라지 않았다. 이미 그런 행동 때문에 파인 도랑이 천지 사방에 깔려 있었기 때문이다.

'저 새끼 또 지랄이네.'

'허이구, 또 무슨 이상한 기술을 쓰려고 저런데.'

이제 그들은 제이크가 전혀 두렵지 않았다. 어떤 이유에서인지는 모르지만 위협만 할 뿐, 먼발치에 있으면 아무런 위해도 가하지 않기 때문이다.

하지만 그것은 경비병들의 이야기. 이 도시의 치안을 담당하는 드억스의 입장에선 미치고 팔짝 뛸 노릇이었다. 공격이나 위해를 가하지 않는다고 해서 저 녀석을 가만히 방치하기도 애매한 것이다.

"크으! 미치겠군. 형님을 불러와야 하나?"

어떻게 해서든 자신 선에서 해결하고 싶었지만, 그러지 못할 것 같았다.

"크하하하하하하하!"

또다시 거대한 파도처럼 목소리가 울려 퍼진다!

"아오! 미치겠네!"

아무래도 이곳의 1인자.

형님을 불러야 할 것 같았다.

Chapter 4
강령

　반면 연금술사 길드 안쪽에서도 꽤나 흥미로운 일이 벌어지고 있었다.

　경식이 빠른 걸음으로 아래로 내려가고 있었고, 붉은 어금니는 그런 경식을 따라가고 있었다.

　경식이 입을 열었다.

　"괜찮아?"

　지금껏 피폐하게 잠들어 있던 녀석이 빨리 움직일 수 있나 싶어서였다.

　붉은 어금니는 피식 웃어 보였다.

　[별로. 너. 빠르지 않다. 착각. 마라.]

[흥! 괜찮나 보네, 뭐. 신경 쓰지 말고 더 뛰어도 될 것 같아, 경식아!]

"흐음."

경식은 4층에서 1층으로 내려왔다. 내려오는 동안 학자 스타일의 샌님들만 보였지 경비병 같은 것들은 보이지 않았다.

과연 제이크가 잘 해 주고 있는 모양이었다.

내려가는 도중에 갑자기 벽에서 무언가가 튀어나왔다.

왕년 노인이었다.

―말 잘 전해 주고 왔네.

[걔 잘하고 있어?]

구미호의 말에 당연하다는 듯 왕년 노인이 고개를 끄덕였다.

―바깥에 병력이 꽤 많더군. 제이크를 쓰지 않았으면 절대 뚫을 수 없는 병력이었네. 나중에 보면 알겠지만, 바깥 병력이 200은 넘을 게야.

[그래서 잘하고 있냐구우?]

―그럼에도 불구하고 잘하고 있소. 역시, 그의 무력은 알아줄 만해. 아예 가지고 노는 수준이더구먼.

"그럼 우리나 걱정을 해야겠네요."

경식은 그리 말하며 지하로 내려갔다.

지하로 내려가자 미처 바깥에 나가지 못하거나, 나갔다가 다시 들어온 경비들이 깔려 있었다.

그들은 삼삼오오 모여 있었는데, 달려오는 경식을 보고 '저것들은 또 뭐야?' 라는 표정을 짓고 있었다.

경식은 저들을 때려눕힐까 하다가, 굳이 때려눕혀봤자 뭐가 나아지겠는가 하는 생각이 들어 그냥 강행돌파하기로 했다.

물론 창날이 날아오는데 그냥 돌파한다는 생각은 접었다.

'오크 신. 나에게 힘을!'

[취, 취이익! 나는 힘을 양도! 너 역시 나에게 약속! 저 트롤 놈을 내가 볼일이 없도록! 어떤 일이 있어도! 취익!]

흐음.

역시 둘의 사이가 좋지 않군.

하지만 거짓말은 하기 싫었다.

경식은 그 말에 긍정했다.

'최대한 그래보도록 노력할게.'

[취익!]

쩌적. 쩌저저적.

경식의 몸이 회색으로 물들었다.

오크가 자발적으로 힘을 준다 하여도 싫은 상황에서 억

지로 보내주는 것인지라 매가리가 없는 탓이었다.

'자식. 더럽게 싫은가 보네.'

붉은 어금니도 싫다. 그런데 경식도 싫었다. 둘 다 싫다. 그런데 힘은 빌려줘야 한다. 그래서 짜증이 난 것이리라.

'그래도 없는 것보다 낫겠지.'

경식이 달려가며 들어오는 창을 피하려 했다.

탕!

물론 피한다고 피했는데, 창이 스치고 지나갔지만 말이다.

"칫!"

물론 반격은 하지 않았다. 경비들이 무슨 죄가 있다고 때리는가? 그저 그는 목적만 달성하면 그뿐이었다.

앞으로 나아갔다.

하지만 뒤에서 비명 소리가 들려 왔다.

크악!

끄으윽!

[죽이진. 않았다.]

자그마한 강아지. 루티에르 종의 몸을 사용하고 있는 붉은 어금니가 그르륵 대며 앞으로 나아갔다.

'흐음.'

경식 역시 앞으로 계속 나아갔다.

그들의 목적은 지하 2층이지 1층이 아닌 탓이었다.

[이곳. 이다.]

"흐음. 그렇구나!"

경식은 문을 열고 안으로 들어갔다.

꽝!

그런데, 안으로 들어가자마자 그의 심장에 무언가가 꽂혔다.

검이었다.

"컥!"

놀라는 건 이미 검이 심장에 꽂힌 후였다.

오크의 힘이 아니라면 큰일 날 뻔했다. 피부 끝이 긁히는 것으로 상황을 모면했으니 천만다행이었다.

가슴이 철렁했다.

상황이 이해되었다.

그 후에 뿜어져 나온 건 죽을지도 몰랐다는 두려움. 그것을 앞선 거대한 분노였다.

"이런 젠자아아아아앙!"

콰아아아아!

입에서 나온 충격파가 눈앞의 기사를 덮쳤다. 기사는 크게 한 데 얻어맞은 듯 뒤뚱거리며 물러났는데, 경식의 주먹이 그런 그의 갑옷에 꽂혔다.

물론 영력. 소울 에너지를 잔뜩 담은 한 방이었다.

뻐악!

갑옷이 우그러지며 손자국이 생겼다.

명치를 겁내 세게 얻어맞은 기사가 눈을 까뒤집으며 뒤로 물러났다.

우당탕탕탕탕!

온몸을 다한 기사의 안내(?)를 받으며, 경식은 아래로 내려갔다.

그리고 그곳은 이미 전투준비를 끝마친 4명의 기사가 검을 뽑아 들고는 싸울 태세를 갖추고 있었다. 이미 바깥에서 침입자가 온 것을 경비들이 종을 울려 알렸기 때문이다.

"어떤 놈이냐!"

퍽퍽!

물론 지금의 경식에겐 그런 말이 통하지 않았다. 이미 죽을지도 모르는 상황을 겪은지라 눈에 뵈는 게 없어진 탓이다.

그는 나자빠진 기사에게 올라타 얼굴을 거세게 후려쳤다.

퍽! 퍽퍽퍽!

물론 영력이 실려 있진 않았지만 오크의 힘이 어느 정도 실려 있어 강한 힘을 발휘했고, 주먹 역시 바위처럼 단단했다.

"······이, 이이!"

기사들이 짠 진형은 견제 진형이다. 움직이면 진형을 짠 의미가 퇴색된다. 그런데 당장에 눈앞에서 동료가 죽게 생겼다. 이대로 진형을 유지하면 동료를 자신들이 죽이게 생긴 것이다.

"젠장!"

한 명이 상관의 말을 듣지 않고 앞으로 달려갔다. 상관 역시 욱하긴 했지만 이해는 하는지라 한숨을 내쉬며 앞으로 뛰어들었다.

개싸움이 벌어졌다.

경식은 기사를 계속 쥐 패다가 검격을 맞고 뒤로 나뒹굴었다.

물론 아프진 않았다.

분노로 인해 오크의 힘을 더욱 끌어다 쓸 수 있게 된 것 같았다.

하지만 속칭 다구리에는 장사가 없다. 빨리 정신을 차리지 않으면 경식이 당하게 생겼다.

[얌마! 경식아! 진정해, 정신 차려!]

그 말을 하며 구미호가 다급하게 경식의 몸속으로 들어갔다. 곧 경식이 몸을 부르르 떨며 정신을 차렸다. 구미호가 그의 정신에 직접 작용해서 이성을 잃은 그를 다독였다.

"젠장!"

경식이 뒤로 물러났다.

물론 기세가 완전히 넘어갔으니, 4명의 기사는 경식을 바짝 붙어 쫓았다.

그때 나선 것이 붉은 어금니였다.

붉은 어금니가 경식의 앞을 가로막으며 입을 열었다.

누우런 연기가 폭사되었다.

콰아아아!

"큽!"

누런 연기를 보자마자 기사들이 경기를 일으키며 뒤로 물러났다.

그리고 재빨리 간이 책상으로 이동하더니 인상을 찌푸렸다.

"후우우. 저 빌어먹을 녀석 또 왔네. 마스터가 당하셨나?"

"서둘러 정리하고 올라가 봐야겠군."

"빨리 썰어버립시다. 저 빌어먹을 개새끼를 몇 조각으로 잘라낼까요?"

"저 새끼 역시 그냥 둘 순 없지. 12조각 정도가 좋겠군."

그들은 고기를 써는 일이 일상처럼 되어 버린 백정처럼

무심한 표정으로 걸어왔다. 보고 있는 이가 다 치가 떨릴 정도였다.

정신을 차린 경식이 이를 악물었다.

"사람 새끼들이 아니네."

[무지하게. 많은. 생명. 죽였을 것이다. 그만큼 강하다. 그러니 방심하지. 말아야. 한다!]

그런 말을 하며 붉은 어금니가 다시금 입을 벌렸다.

콰아아아!

하지만 기사들의 반응은 조금 전과는 달리 시큰둥했다.

아니, 오히려 그들은 웃으며 뒷짐 지고 있던 손을 들어 무언가를 썼다.

예의 그 마스크였다.

콰아아아!

누런 연기가 마스크를 쓴 그들의 얼굴을 강타했다.

하지만 기사는 쓰러지기는커녕 피식 웃으며 달려들어 검을 휘둘러 왔다.

쾅!

"새끼. 빠르네."

"크하하! 네 그 냄새 같은 거 이제 하나도 안 무서워."

"우리에겐 가면이 있거든."

그들은 놀리듯이 경식과 붉은 어금니에게로 다가왔다.

마침 등 뒤가 벽인지라 꼼짝없이 포위된 꼴이 되었다.

옆에 있던 왕년 노인의 표정이 굳었다.

―일단 도망치는 것이 좋을 것 같다는 생각이 드네. 왕년의 내 안목을 봤을 때 자네의 지금 실력으로 기사 셋은 조금 버겁네. 오크 녀석의 힘을 제대로 쓸 수 있으면 모르겠지만…… 그것도 아닌 듯하지 않은가.

왕년 노인의 말이 맞았다. 경식 역시 그렇게 느끼고 있었다. 항간에서는 기사들을 '살인기계'라고 부른다. 살아가며 전투를 위한 기술만을 익혔으니 그리 불릴 만하다.

그런 이 셋이 뭉쳐서 한꺼번에 달려든다는데, 당해낼 재간이 없는 것이다.

'아무래도 제이크에게 신호를 보내야 할까?'

여차 하면 최후의 보루로 생각해 두었던 방법이다. 왕년 노인이 제이크에게 가서 위기 상황을 알리면, 제이크가 와서 이 모든 걸 해결해 주는 식이다.

'아아, 안 돼. 자존심 상해.'

경식은 그런 생각을 하며 이를 악물고 앞으로 나섰다. 붉은 어금니가 아무런 도움이 안 되는 상황이니 그가 나서서 해결하는 수밖에 없었다.

그의 몸에 갈색 아지랑이가 뭉게뭉게 피어났다.

[도망. 안치나?]

상황이 이리 되었는데 자신의 이득만 챙기자고 할 만큼 붉은 어금니는 어리석지 않았다.

경식이 피식 웃으며 고개를 끄덕였다.

"아무리 그래도 약속한 건데, 최대한 지키려고 노력은 해봐야지."

이 세계에 처음 떨어졌던 경식이라면 일단 줄행랑부터 치고 봤으리라. 하지만 이곳에 온 후, 점점 경식은 성장하고 있었다.

'오크 녀석이 힘만 제대로 빌려준다면, 어떻게든 가능할 거야.'

여차하면 오크에게 몸을 맡겨야겠지만, 자존심이 허락진 않았다. 그를 지배하는 건 자신이여야지, 오크가 그를 지배하게 돼서는 안 되는 것이다.

'어떻게든 되겠지!'

경식이 그런 생각을 하며 자세를 잡았을 때였다.

뒤에서 멍하니 그 모습을 지켜보던 붉은 어금니가 경식에게로 다가왔다.

[나를. 안아라.]

그러면서 경식의 품으로 달려든다.

경식은 얼떨결에 붉은 어금니를 받아 들었다.

"……?"

[약속. 꼭 지키길. 바란다. 톨톨톨. 좀. 손해 보는. 느낌
이긴. 하다만.]

분위기를 읽은 오크 신이 경기를 일으켰다.

[취익! 나와의 약속! 지켜라, 계속! 취익! 들어오게! 하면
안 되는데! 취이이익!]

"……!"

그 말에 대답하기도 전에, 경식은 눈을 부릅떴다.

그리고 눈을 까뒤집었다.

"저 새끼 뭐 하는 거지?"

"보면 모르나? 죽고 싶어서 환장한 게지."

"그럼 죽여 드려야지!"

기사 셋이 경식에게로 달려들었다.

그걸 보던 구미호는, 다급하게 소리를 치지 않았다.

오히려 피식 웃었다.

[기대되는데?]

곧 경식의 눈이 정상으로 돌아왔다.

오크를 받아들여 회색이던 눈동자가 아니었다.

그의 눈은.

노란 색으로 빛나고 있었다.

"크르."

경식이 양팔을 벌렸다.

곧이어 그의 몸을 감싸고 있던 회색 소울아머의 색깔이 노란색으로 바뀌었다.

그리고.

챠앙!

주먹 부분에서 노란색의 날카로운 기운이 뿜어져 나왔다. 이것은 소울 아머가 아니라 소울 웨폰이라 불러야 마땅할 정도로 날카로웠다.

마치 식칼 같다고나 할까?

그것은 생각할 것도 없이 트롤의 손톱 모양과 일치한 것이었다.

*   *   *

"크, 크으으. 끄으으으으윽!"

엘바론은 이를 악물며 눈을 떴다.

이미 그 빌어먹을 녀석은 사라지고 없었다.

"루, 루티에르종. 루티에르종!"

그는 루티에르종을 찾아 헤맸다. 그것이 있어야 부족한 2퍼센트를 채워서 완벽한 키메라를 만들 수가 있었다.

그런데,

없었다.

녀석들이 가져간 것이었다.

"당장. 당장 그 녀석들을 잡아야 한다! 여봐라. 여봐라! 여봐라아아아!"

엘바론이 악에 받친 듯 그리 외쳤다.

하지만 그 외침 역시 메아리처럼 공허했다.

악쓰는 것에, 돌아온 것은 거대한 굉음뿐이었다.

콰아아아아아앙!

"……!?"

소리를 듣는 즉시 황급히 달려가 바깥을 살펴보았다.

그곳에는, 멀리서도 확연히 보이는 거구의 사내가 두꺼운 검을 들고 있었다. 그는 한 번의 칼질에 열 명이 넘는 경비병들을 날려 보내고 있었다.

뒤쪽엔 정규병들도 있었는데, 그들 역시 맥을 쓰지 못하고 물러나 있다.

그리고 웃음소리.

크하하하하하하하!

"……뭐, 뭐지. 뭐야 도대체!"

기사들의 숙소로만 통하게 되어 있는 종을 울려 보았다. 기사들은 이 종을 울리면 3분 안에 자신의 거처로 찾아오게 되어 있었다.

하지만 3분이 아닌 10분을 기다려도 찾아오지 않았다.

들려온 것은 굉음뿐이었다.

콰아아앙!

덜덜덜.

무서워서 나갈 수도 없었다. 하지만 지금 당장 루티에르종을 찾지 못하면, 그의 연구는 허사가 되어 버린다.

"하필. 하필 거사를 치르기 바로 직전에, 녀석들이 찾아와서는!"

꼭 필요할 때, 곧 사용해야만 할 때 녀석들이 왔다.

키메라가 루티에르종의 세포를 받아들일 준비를 끝낸 후 며칠간을 기다렸었는데, 그 모든 게 허사가 되어 버린다.

"……."

쩌어억.

거대한 키메라의 머리. 그 머리에 갑작스레 커다란 구멍이 뚫렸다. 뚫렸다기보다는 생겼다는 표현이 옳으리라. 스스로 구멍이 생겨났으니 말이다.

루티에르종을 받아들일 준비가 되었다는 말이었다.

하지만, 루티에르종은 없었다.

그리고 저 구멍이 닫히면?

지금 이 키메라는 영원히 잠들게 된다.

말 그대로 시체가 된다 이 말이다.

"안 돼. 안 돼…… 안 돼!"

엘바론은 자신이 십여 년간 감행해 왔던 연구를 포기할
수 없었다.

다시 시작할 배짱도 없었다.

학회에 보고해야 한다.

학회에 보고해서, 자신의 이름을 알리고! 그리고. 그리
고…….

"크흐흐흥! 그래, 유명해지는…… 거야. 나를 업신여겼
던! 그 모든 새끼들을 내 발 아래! 내! 발! 아래에!"

그의 얼굴에 웃음이 그려졌다.

그 웃음은 말 그대로 미친놈의 것이었다.

그는 옆에 있던 거대한 통을 열어 호스를 키메라의 이마
에 난 구멍에 집어넣었다.

쯔으으읍!

그러자 호스를 통해서 그 안에 있던 것들이 구멍 쪽으로
빨려 들어갔다.

트롤의 피였다.

그리고 그 피가 다 빨려나갈 즈음.

두근. 두근!

스으으으.

스으으으으읍.

시체와 다름이 없었던 키메라가 숨을 쉬기 시작했다. 피

가 도는지 혈색이 좋아져서, 이제는 시체가 아니라 잠을 자
는 것 같다.

"키히히. 살았어. 살아났어!"

하지만 이 육신엔 영혼이 없다.

루티에르종. 그것을 저곳에 넣어야 하는데…… 없다.

"찾아야. 찾아야……!"

하지만 시간도 없었다. 저 구멍은 곧 닫힐 것이다. 억지
로 연 구멍인데, 닫힌다 한들 누굴 탓하리오.

그리고 영원히 열리지 않겠지.

시간은 촉박하고, 루티에르종은 없다.

뭔가,

다른 걸 집어넣어야 한다.

꿀꺽.

엘바론은 그 구멍을 멍하니 바라봤다.

그리고,

자신의 머리를 그곳으로 집어넣었다.

                    *   *   *

쉬이이익!

검이 날아왔다.

그래서 그것을 막았다.

투명한 막에 쌓인 손톱(?)으로 말이다.

촹!

낭창한 소리가 나며 오히려 검이 뒤로 물러났다. 하지만 날아오는 검은 하나가 아니었고, 나머지 하나가 그의 어깨를 노렸다.

그것은 그냥 잡았다.

텁!

소울아머로 인해 검을 잡았음에도 불구하고 상처가 나지 않았다. 붉은 어금니의 소울아머는 오크 신의 소울아머처럼 단단하진 않지만, 잘하면 검 정도는 잡을 수 있을 정도로 질겨서 예리한 칼날에도 베이지 않게 된 것이다.

힘도 강해졌다.

오크를 받아들였을 때보다 더 강해진 것 같았다.

검을 잡은 손을 그대로 휘두르자, 미처 대응을 못한 기사가 붕— 하고 날아가 벽에 처박혔다.

콰앙!

하지만 기사는 총 세 명이었고, 나머지 기사가 그의 살을 베어 왔다.

그의 옆구리로 검이 날아갔다.

쓰악!

"뭐 이리 질겨!"

기사가 짜증을 섞어서 한 말이었다. 얼마나 짜증이 났으면 자신도 모르게 가축을 썰 때나 할 법한 말을 인간을 썰면서 해 버렸다.

하긴, 인간이라기엔 어폐가 있다.

그 어떤 인간의 주먹이 저렇게 노란 색으로 뒤덮여 있고, 손톱 같은 기운이 식칼처럼 뿜어져 나와 있단 말인가? 마치 손톱처럼 말이다.

다시 한 번 똑같은 곳에 검을 휘둘렀다. 물론 휘두르는 손속에는 더욱 힘이 들어갔다.

그것이 이 괴물 같지도 않은 녀석의 배를 베어 갔다.

쓰걱!

'느낌이 있었어!'

하지만 그런 생각을 하는 순간.

경식의 손바닥이 그의 명치를 때렸다.

퍼악!

쿠당탕탕!

또 한 명이 날아가 처박혔다.

갑옷에는 거대한 손바닥 자국이 우악스럽게 새겨졌다.

"크헉!"

"모, 모두 뒤로!"

세 기사들은 뒤로 물러나 다시금 경계태세를 취했다. 곧 자신들끼리 귓속말을 한다 싶더니 다시금 자세를 취하고 압박해 들어왔다.

조금 전, 타격을 주긴 했지만 갑옷 때문에 심호흡을 한 번 하고 진정하는 것만으로 모두 회복이 되었다.

"흐으!"

경식이 옅은 한숨을 내쉬었다.

그런데 그 한숨에선 김이 서려 있었다.

물론 추워서 서리는 연기는 아니었다.

노란색이었으니까.

스멀스멀.

그의 주변에서 후광이 비쳤다.

그것 역시 노란색이었다.

누렇다 못해 밝은 노란색. 꽃으로 따지자면 개나리의 색깔이었다.

츠으으으으.

그 연기가 점점 번져 갔다.

그것도 이상하게 세 명의 기사가 있는 쪽으로 일자로 진군해 들어오고 있었다.

그리고 저 연기의 정체를 기사들은 비교적 빠르게 알아차렸다.

그리고 알아차린 순간 그들의 입가엔 조롱 섞인 웃음이
머금어졌다.

"무슨 상황인진 몰라도, 저 녀석도 강아지랑 비슷한 모
양입니다."

"그렇다면 그에 합당한 조치를 취해야지?"

그들은 여유롭게 냄새 가면을 뒤집어썼다.

그것만으로 저 빌어먹을 냄새를 막는 데에는 지장이 없
었다.

적어도 지금까지는 말이다.

호기롭게 앞으로 걸어가던 기사들의 발걸음이 우뚝 멈췄
다.

"흠. 흠? 큽! 무슨 냄새지?"

"에이, 기분 탓이겠지. 가면을 썼는데 냄새가 날으어어
어어억"

"끄업!"

털썩.

털썩털썩.

고약한 냄새였다.

이 세상에 이런 냄새가 있으면 안 되는 것이었다.

트롤의 냄새도 맡아 보았고, 몇 명은 미친 강아지가 뿜어
내는 누우런 입 냄새도 맡아봤지만 이 정도는 아니었다. 이

것에 비하면 그 냄새는 정말 봄바람에 실려 온 꽃향기와 다름이 없었던 것이다.

그들은 털썩 쓰러진 채 목을 잡고 괴로운 고성을 자아냈다.

아니. 고성만 자아낸 것이 아니라 속에 있는 것들도 게워냈다.

"사, 살려……우웁."

"우웨에에에엑."

속에 있는 것들을 게워냈는데 가면을 쓰고 있어서 가면에 토사물이 다닥다닥 붙었다.

뜨거운 기운이 물씬 풍겨와 안면을 직방으로 마사지해 주고 있었다.

냄새도 고약했다.

그런데 웃긴 건,

그 냄새가 오히려 맡던 냄새보다 낫다는 것이다.

하지만 그것도 잠시, 본인들의 토사물 냄새와 밝은 노란색의 연기가 콜라보레이션을 이루며 그들의 코를 타고 대뇌의 전두엽까지 그 엄청난 냄새를 전달했다.

추우우욱.

푸들푸들 떨리던 그들의 몸이 추욱 늘어졌다.

그들이 축 늘어진 걸 확인한 경식은 자신을 감싸고 있는 소울아머를 훑어봤다.

뭔가, 번들거리는 느낌의 노란색 소울아머다. 주먹 부분
에선 식칼 비슷한 손톱들이 솟아나게 되었고, 손아귀를 둘
러싼 소울아머가 손바닥을 2배는 두툼하게 감싸고 있었다.

"음. 이거 어떻게 안 되나? 울버린처럼 막……."

스슷!

"오오, 되네. 돼."

그리 생각한 순간 손톱이 쏙! 하고 주먹 사이로 들어갔
다. 마치 고양이의 그것처럼 숨겼다가 뺐었다가(?)할 수 있
는 모양이었다.

"아아, 그러고 보니 엄청 아팠는데……."

경식은 자신이 두 번이나 베인 옆구리를 바라봤다. 잊을
뻔했는데, 그는 확실히 베였고 미약하지만 고통도 수반되
어 있었다.

그런데 지금 확인해 보니 옷가지만 찢겨졌을 뿐 그의 몸
에는 아무런 상처가 없었다.

인지하지 못한 사이에 벌써 회복이 된 것이었다.

[신기해. 하지만. 말고 내. 부탁. 들어줘라.]

그때, 머릿속에서부터 목소리가 들려 왔다.

붉은 어금니의 목소리였다.

경식은 당연하다는 듯 고개를 끄덕였다.

"그, 그렇지. 당연히 해야지. 잊고 있지 않았다고?"

[그렇다면. 다행. 이다.]

벽에는 버튼이 총 35개가 있었다. 34개. 그리고 그 아래 붉은 버튼 한 개였다.

붉은 버튼은 모두 여는 것 같았고, 34개의 버튼은 따로따로 문을 여는 것 같았다.

[붉은 버튼 누르면. 모두 열린다. 하지만 그 전에. 다가가서 서열부터 정리해야 한다.]

"오호! 맞다, 서열정리!"

동물들은 서열정리를 할 때 치고받고 싸우지 않는다. 아니, 치고받고 싸우기는 하는데 그 전에 다른 것으로 자신들의 세기를 비교한다.

가장 비교하기 쉬운 것이 덩치 크기로 비교하는 것이고, 그것이 아닐 경우엔 사슴들처럼 뿔 크기로 겨룬다.

그런 식으로 비교 가능한 것들로 서열을 정리하다가, 크기가 비슷하다고 생각될 때야 비로소 몸싸움을 벌인다.

그런 의미에서 트롤도 서열정리를 하는 기준이 있다.

바로 그들이 뿜어내는 냄새가 그러했다.

"으음. 그래도 다행이다, 나한테는 그 냄새가 안 맡아져서."

[원래. 자기 자신에게 나는. 냄새는. 익숙해지는 법. 이

다.]

─헐헐헐. 아무리 똥 방구를 뀌어서 남들이 도망을 가도, 정작 본인은 그 냄새가 구수한 법이라네.

"아니 뭐 그런 비유가 있어요?"

왕년 노인에게 핀잔을 주긴 했지만 어느 정도 맞는 말이긴 한 것 같았다.

"흐음!"

경식은 트롤들이 있는 곳으로 발걸음을 옮겼다. 무슨 이유에서인지 트롤들은 묵묵히 경식을 바라보고만 있었다.

"뭐지. 막 으악으악 하면서 난동 피우고 있을 줄 알았는데."

갇힌 상태에서 쇠사슬에 묶여 있으니 그렇게 할 만도 한데, 그들은 오히려 조용했다.

하긴. 지금 생각해 보니 아무리 이성을 잃은 상태라지만 계속해서 흉성 토해내며 난동을 부리기엔 어차피 그래 봤자 변하는 게 없는 것이다.

그리고 무엇보다, 그들은 이미 뼈와 가죽만 남은 상태로 골골대고 있었다. 그런 상태에서 불필요한 흉성을 토하지는 않는 것이다.

[크으을. 동포들이여!]

붉은 어금니가 보는 것만으로도 괴롭다는 듯 이를 갈았

다. 이렇게 만든 인간이 증오스러워 견딜 수가 없다는 투였
다.

경식이 지척에까지 다가오자, 트롤들이 드디어 흉성을
뿜어내기 시작했다.

크어어어엉!

크아아아아아아앙!

그와 동시에 희미하고 노란 연기가 물씬 풍겨져 나왔다.
물론 붉은 어금니와 접신한 경식에게는 통하지 않는 종류
의 것이었지만, 접신한 덕분에 저들이 뿜어내는 노린내가
가지고 있는 힘의 정도를 알 수 있을 것 같았다.

트롤 한 마리가 뿜어내는 노린내의 정도가 10이라면, 34
마리가 뿜어내는 노린내의 정도는 100정도밖에 되지 않았
다.

[크으. 슬프다. 이렇게…… 혹사당하고. 있었다니! 내가.
구해 주마. 내가! 너희를 이끈다!]

"그래, 알았다!"

경식 역시 붉은 어금니의 호응에 힘입어 눈을 부릅뜨며
권능에 집중했다.

스멀스멀.

그러자 조금 전에 그랬던 것처럼 그의 주변에서 샛노란
연기가 뿜어져 나와 이번엔 부채꼴 모양으로 퍼져 나갔다.

그리고 그것은 흉성을 토해내던 34마리의 트롤들의 콧속으로 자연스레 스며들었다.

그리고.

크흡!

헙!

크루룩?

34마리의 트롤들이 눈을 부릅뜨며 서로를 바라보았다. 마치 '인간에게서 어떻게 우리 동포들의 향취가? 그것도 이런 고강한 향취라니?' 라고 말하는 듯한 표정이었다.

그리고 그들의 표정을 확인한 붉은 어금니가 흡족하게 말했다.

[크르. 너의 재능. 특별하구나. 나의 전성기엔. 못 미치지만…… 그래도.]

"뭐 잘 됐다니 다행이네. 잘 된 거 맞지?"

[그런. 듯하다. 톨톨톨톨.]

"그래도 열기 전에 확인 차 어디……."

경식이 침을 꿀꺽 삼키며 많은 트롤 중 한 마리에게로 다가갔다. 그리고 트롤의 공격범위 안으로 손을 뻗어 보았다.

"크르르르."

트롤은 공격하기는커녕 오히려 입술을 씰룩거리며 웃었다.

경식이 다행이라는 듯 고개를 끄덕였다.

"으음. 괜찮네."

트롤이 자신에게 적대적이지 않은 것을 확인한 경식이 창살을 넘어 벽으로 다가가 붉은 버튼을 눌렀다.

철컹!

철컹철컹철컹철컹!

그들을 구속하던 구속구가 풀리며, 34마리의 트롤의 몸이 자유로워졌다.

"크르르륵."

"크르륵."

트롤들은 서로를 바라보며 고개를 갸웃거리더니 이리저리 몸을 움직이기 시작했다. 언제나 구속구가 풀리는 시간은 먹이가 들어오는 시간일 뿐인데, 다른 시간대에 구속구가 풀리니 이상하다는 생각에서다.

하지만 그런 생각을 할 뿐, 눈앞의 경식을 먹이로 인식하거나 공격하려 들지는 않았다.

붉은 어금니는 만족했다.

이미 서열정리가 끝났다는 것. 그리고 동포들이 '서열정리'로 받아들였다는 것에 만족스러웠던 것이다.

같은 동족으로 인식해야만 서열 정리라는 개념이 생기는 것이니, 경식과의 싱크로율은 썩 괜찮은 편이라는 것이다.

[이제. 동포들과 함께. 나간다.]

"아암! 그래야지!"

붉은 어금니가 동포들을 바라보며 말했다.

[크를. 크르르르. 크르르! 크르!]

크르륵?

크륵크륵크륵!

크르……륵? 르륵?

[크르르르. 크르! 크르?]

크르륵…….

"……?"

아니 도대체 뭐라고 하는 건지 모르겠다. 지금 대화를 하고 있는 거긴 한데, 그 대화 자체가 트롤의 언어라서 경식이 알아들을 수가 없는 것이다.

[……상황이. 심각했군.]

"뭘 어쨌다는 건데?"

[조심해야. 한다. 내 동포들. 상태가 좋지 않아서. 아무런. 힘도 없다.]

말 그대로 영양실조라는 것이다.

트롤의 피는 뛰어난 회복력과 재생의 원동력이다. 하지만 그 피가 계속해서 뽑혀져 나갔다. 골수에 있는 뿌리까지

서서히 뽑아 가는데, 하루에 한 번 있는 그저 그런 식사로 그 빠져나간 부분이 채워질 리가 없는 것이다.

장기적으로 그들은 피폐해져 갔고,

이제는 걷는 것을 제외하곤 아무것도 하지 못하는 처지에 이르렀다.

너무 많이 혹사를 당한 탓이었다.

"자! 빨리 가자! 문이 좀 좁겠지만, 어쩌겠어?"

트롤이 끌려 올 때에도 똑같은 곳을 거쳐서 왔을 것이다. 그러니 빠져나가는 데에 큰 무리는 없을 것 같다.

'물론 나가서가 문제긴 하네.'

이곳은 도시 한복판이었다. 이런 곳에서 트롤 34마리를 안전하게 숲까지 데려다 준다는 건 정말 어려운 일일 것 같았다.

그리고 그것은 붉은 어금니 역시 짐작하고 있었다.

[크릉. 부, 부탁한다.]

이미 여우구슬 안에 갇혀버린 신세가 된 붉은 어금니인지라, 경식이 그냥 훌쩍 떠난다고 하면 당장에는 말릴 수가 없는 처지가 되어 버린 것이다.

하지만 경식은 씩 웃었다.

"걱정 마. 최선을 다 할 생각이니까."

그러면서 34마리의 트롤들을 바라봤다. 피골이 상접한

채 퀭한 몰골을 하고서는 강아지 같은 눈으로 경식과 붉은
어금니를 바라보는 꼴이라니…….

경식이 한숨을 내쉬었다.

'아이고, 불쌍하긴 불쌍하네.'

그것을 들은 구미호가 한숨을 내쉬었다.

[불쌍하긴 해도, 어쩌겠어, 자연의 섭리인데.]

'그렇지. 밥상에 올라오는 돼지고기를 불쌍하게 여기는
것과 비슷한 위선이긴 하지.'

하지만 눈앞에서 보이니 불쌍한 건 불쌍한 거다.

그리고 불쌍해하는 것도, 불쌍해하지 않는 것도 둘 다 위
선이라면,

눈앞에 있는 트롤들을 불쌍하게 여기는 것이 맞는 것 같
다.

"갑시다!"

경식의 말에 힘이 들어갔다.

경식과 34마리의 트롤들이 계단을 올랐다.

"으악! 으아아아아악!"

"사, 사람 살려! 꺄아아아악!"

"으음. 아무래도 사람들이 남아 있으니 이렇게 되는구
나."

경식은 머리를 긁적이며, 크게 소리쳤다.

"크하하하하하! 모두 다 잡아먹어 버리겠다아! 내 눈에 보이면 다 그냥 잡아먹히는 거야! 크하하하!"

[연기를 하려거든. 잘. 해라. 트롤은. 톨톨 하고. 웃는다. 톨톨톨톨.]

"토, 톨톨톨톨톨톨!"

꺄아아아아악!

그 소리를 들은 하인들이 모두 도망가기 시작했다. 지하 1층은 하인들이 기거하는 기숙사 개념인 모양인지 안에 들어 있던 모든 이들이 바깥으로 나오는 느낌이다.

34마리의 트롤들이 뛰어 나가는 인단들을 뚫어지게 바라봤다. 하지만 붉은 어금니 역시 융통성이 있는지, 경식의 눈치를 봐서 걸음을 빨리하거나 하지 않았다.

말 그대로 34마리의 트롤을 대동한 경식이 인간들을 몰아서 위로 내보내고 있었다.

1층으로 간 후, 바깥으로 나가는 문을 열었다.

"이제 제이크랑 합류해서 빠져나가……면……."

쩌억.

경식은 입을 쩍 벌린 채 눈앞의 미친 광경을 하염없이 바라보고만 있었다.

그 광경의 중심에 서 있던 사람 하나가 경식을 보고 반갑게 손을 흔들었다.

"크하하핫! 주인님 늦으셨습니다! 이 충실한 충복 기다리고 있었습니다! 이 녀석들과 놀면서요!"

해롱해롱.

그의 발아래에는 2인자인 드억스와, 또 한 명의 기사가 시체처럼 추욱 늘어져 있었다.

그리고 제이크와 경식 사이에는 백여 명이 넘는 경비병들이 있었고, 제이크가 등지고 있는 연금술사 길드 뒤쪽에는 딱 봐도 '나 정예병이라 옷도 깔맞춤 해서 예쁘게 입었음'이라고 말하는 듯한 영지 수비병이 제이크 쪽을 노려보고 있었다.

아무리 적게 잡아도 숫자가 200은 넘어 보였다.

그 광경을 본 왕년 노인이 어이가 없다는 듯 입을 열었다.

─허, 허허허. 내, 내가 왕년에도 이런 경험을 많이 했지만, 또다시 이렇게 적군 한복판에 있게 되니 감회가 새롭구먼 그래.

경식은 왕년 노인의 허풍을 들어줄 겨를이 없었다.

"도대체. 도대체 무슨 일입니까, 이게!"

Chapter 5
키메라

　드억스는 제이크와의 싸움에 지쳐만 갔다. 이건 뭐, 대화로 치면 벽과 대화하는 면벽수련 같았다.

　도저히 무너지질 않는다.

　치면 칠수록 친 손이 아파 온다.

　게다가 검을 부딪칠 때마다 무언가가 울렁거리며 빠져나간다. 상당히 소중한 무언가가 빠져나가는 느낌인데, 몸 안에 내재된 마나도 그대로이고, 기력도 그대로이다.

　그런데 뭔가 계속 소중한 걸 잃는 느낌이 들었다.

　"후우. 후아!"

　"크하하하하하하하! 더 이상 오지 마라! 너의 근성이 거기까지인 것! 더 온다면 그것은 근성이 아니라 만용이다!"

제이크가 웃으며 빈정거린다.

자신에게 더 이상은 오지 말라고 한다.

'고양이가 쥐 생각하는 거야, 뭐야?'

드윅스는 이를 악물며 풀리려는 다리를 붙잡고 벌떡 일어났다.

"오냐, 그래! 끝까지 가 보자!"

그렇게 말하며 달려들려는 때였다.

갑자기 그의 뒤에서 누군가가 그의 어깨를 잡아끌었다.

드윅스는 감히 자신의 어깨를 잡아끄는 사람이 있나 싶어 뒤를 돌아봤다. 이곳의 2인자인 만큼 자신에게 이런 무례를 범하는 자를 용서하지 않을 생각이었다.

하지만 돌아본 순간 그 생각은 바뀌어야만 했다.

같이 동문수학하던 자신의 사형.

이곳의 1인자인 리베르터가 그의 어깨를 꽉 쥐고 놓아주질 않고 있었다.

"형님! 오셨습니까!"

"그래, 오셨다."

리베르터는 주변을 둘러보며 한숨을 내쉬었다.

"그러니까 지금, 너를 포함한 정규군 200여 명이 단 한 놈한테 애먹고 있다는 건가?"

"……단 한 놈이 정말 강합니다."

드억스는 기어들어가는 듯한 음성으로 그리 말했다.

리베르터는 한숨을 푹 내쉬며 의외로 쉽게 수긍했다.

"그럴 만도 하지. 상대는 귀검사이거늘."

"……귀검사요?"

"인마! 귀검사를 몰라?"

드억스가 고개를 갸웃하자, 리베르터가 '너 세상 돌아가는 거에 관심은 있냐?'라는 얼굴로 드억스를 노려봤다.

울컥.

드억스는 리베르터가 항상 자신에게 이러한 표정을 보여주는 것에 대해 불만이라는 듯 신경질적으로 대꾸했다.

"이번엔 또 뭡니까? 내가 모르는 게 또 뭐냐고요?"

"인마. 네가 모르는 게 어디 한 두 개여야지. 후우, 저 검 보이느냐?"

리베르터는 한숨을 내쉬며 제이크가 들고 있는 기형적인 검을 가리켰다.

검의 길이는 키가 2미터가 넘는 제이크보다 거대했고, 폭은 웬만한 성인남자 허벅지를 2개 정도 갖다 붙인 것처럼 넓었다.

굵기 역시 마찬가지다. 검이라고는 믿어지지 않을 만큼 굵직했다. 대충 보아도 5센티이다.

기사를 말째 베어 버린다는 참마도도 저것보단 귀여울 것 같았다.

저런 기형적인 검.

그것을 또 자유자재로 휘두르고 있었다.

엄청난 괴력이 아닐 수 없다.

그리고 상대는…….

"마나를 사용하고 있지 않지?"

"……!"

드엄스는 자신의 무신경함을 인정할 수밖에 없었다. 검에 마나를 두르지 않았음에도 불구하고 마나를 잔뜩 먹인 자신의 검을 받아내었던 것이다.

지금까지는 검이 저렇게 미치도록 크니까 가능하겠지, 라고 생각했는데, 냉정하게 생각해 보니 자신은 마음만 먹으면 한겨울에 쫙쫙 얼어붙은 아름드리나무도 한 칼에 베어 버릴 수가 있는 사람이었다.

그가 사용하는 검사들의 전유물인 '마나 소드'라는 것은 바로 그런 것이었다.

그런데 저 검을 못 베어내고 있었다. 저 검사가 마나라도 두르고 있었으면 이해라도 하겠는데, 그런 것도 없이 그냥 맨 검이었다.

마나를 사용하지 않는다. 그런데 마나를 사용한 자신들보다 강하다.

그리고 소리치는 저 소리에 자신 안에 있는 무언가가 요동친다.

검을 맞댈 때마다 근본적인 무언가를 빼앗기는 느낌이 들었다.

"……."

전체적으로, 귀신에 홀린 느낌이랄까?

"네놈. 저 사람과 검을 몇 번이나 맞대었느냐?"

리베르터가 한숨을 푹 내쉬며 하는 말에, 드럭스는 머리를 긁적이며 중얼거렸다.

"한 10번 정도……?"

"어휴, 이 녀석아."

"아니 또 왜? 또 뭐? 뭐!"

왠지 다 알고 있는 듯한, 자신을 무시하는 듯한 사형의 표정이 참으로 마음에 들지 않는다.

그리고 항상 이런 말을 하면 리베르터는 어디 동생이 반말을 하느냐며 화를 내곤 했는데, 이번엔 한숨만 푹푹 내쉰다.

그게 더 불안했다.

마침 리베르터가 자신의 방패를 들어 그의 얼굴에 갖다 대었다.

"잘 보거라."

방패의 표면은 거울처럼 깨끗했다. 바로 앞의 드억스가 자신의 얼굴을 확인할 수 있을 정도였다.

자신의 얼굴을 본 드억스가 심각한 표정이 되었다.

"이게, 뭡니까."

"뭐긴 뭐냐. 주름살이란 거다. 나도 많지 않은 주름살이 네가 생겼구나."

드억스의 나이는 서른이었다. 게다가 마나를 배우는지라 그의 신체 나이는 스물 중반 수준이다.

그런데 그의 이마에 주름이 자글자글해진 것이다.

리베르터가 한숨을 내쉬었다.

"녀석아. 저 검은 아마 소울이터일 것이다. 말 그대로 상대방의 영혼을 갉아먹는다."

"……."

"너니까 주름살 몇 개 생기고 말았지, 다른 녀석이었다면 피골이 상접해서 쓰러졌을 것이다."

"……."

"으휴."

할 말을 잃고 넋을 놓고 있는 드억스를 안쓰럽게 바라보던 리베르터가 눈앞의 제이크를 바라봤다.

제이크는 리베르터와 드억스를 번갈아 바라보며 득의양양한 웃음을 짓고 있었다.

"네놈의 근성은 얼마더냐!"

"근성 운운하는 걸 보니 확실하군. 저자는 귀검사 제이크야. 수십 년 전에 자취를 감추었다더니, 이렇게 모습을 드러내는군."

챠앙!

리베르터가 자신의 검을 뽑아 들고 제이크를 노려봤다.

드윅스가 그 모습을 보고 뜨억한 표정을 지었다.

"싸, 싸우시려고요?"

"그럼 어쩌겠어? 사제가 당했는데 사형인 내가 복수를 해야지."

"하, 하지만 영혼이 빨린다고……."

"흐유. 이제야 좀 자각이 드나 보구나? 하지만 걱정 마라. 내가 스승님께 들은 바로는, 너 정도면 한 달 정도 술과 여자를 끊고 수련에 매진하면 다시금 원상태로 돌아올 게다. 영혼이라는 것이 그리 쉽게 빠져나가는 것은 아니니까."

리베르터는 입을 다물고 검에 힘을 주었다.

쭈앙!

뭔가 뽑혀져 나오듯 그의 검신에 밝은 은빛이 불타오르듯 일렁거렸다.

은의 검사 리베르터!

세간은 아직 모르지만, 사제인 드윅스는 알고 있다.

이미 리베르터는 소드마스터라는 사실을 말이다.

리베르터가 선보이는 것은 마나 소드가 아닌, 오러 블레이드였다.

"나의 첫 오러 블레이드를 받을 상대로 적합하다 할 수 있겠군."

리베르터가 씩 웃었다.

그것을 본 제이크 역시 기쁘다는 듯 웃었다.

"호오, 오러인가. 간만이군!"

그가 들고 있던 소울이터가 커다란 울음을 토해 냈다.

휘오오오오오.

그 거대한 울음소리는 주변 모두의 영혼을 떨어 울릴 만큼 강력하고 대단한 것이었다.

모두가 주저앉거나 뒤로 물러서는 가운데, 리베르터는 이를 꽉 물었다.

'한 번에 결판을 내야 한다!'

눈앞의 제이크라는 사내는, 30여 년 전까진 '빛의 늑대'라는 별명을 가졌었고, 에리오르슈 가문이 망하기 전까지는 '귀검사'라는 별명으로 활약하고 있었다.

그의 실력은 소드마스터 이상.

무패의 신화를 자랑한다!

'하지만 그것도 오랜 허명이지.'

게다가 그는 어쩐 일에서인지 에리오르슈 가문에 투신한 이후부터는 마나가 아닌 기형적인 방법으로 전투를 해 왔었다.

때문에 익숙지 않았고, 익숙지 않은 상태에서의 싸움은 언제나 제이크가 유리했으리라.

'하지만 이제 정보가 쌓일 데로 쌓였다.'

드억스는 그런 것에 관심이 없다지만, 리베르터는 상당히 관심이 많았다.

세계를 좌우하는 10대 소드마스터니, 마법으로 세상을 아우르는 6명의 마도사니 하는 호사가들이 좋아할 만한 대륙 최강자들의 서열 말이다.

물론 제이크 역시 10대 소드마스터에 이름을 올린 적이 있었다. 그것도 마나를 사용하지 않는 기괴한 기법으로 오른 소드마스터의 자리 말이다.

그리고 그의 검은, 그의 전성기 당시에 모두 파악되어 있었다.

'나의 스승님이, 모두 파악하고 계셨지.'

그런 것에 소싯적 관심이 많았던 리베르터는 스승님에게 그런 이야기를 많이 들어왔고, 제이크가 어떤 검법을 쓰는지, 어떤 특징이 있는지 비교적 상세히 알 수 있었다.

문득 스승님이 보고 싶었다.

'흐으. 어디에 계신 겁니까?'

그의 스승 테카르탄은 10년 전에 수련을 위한 여행을 떠난다면서 제국에서 홀연히 자취를 감추었다. 일설에는 자신의 라이벌인 제이크를 찾아갔다는 말이 있는데, 그것은 말 그대로 소문일 뿐이다.

후우!

거기까지 생각한 리베르터는 제이크를 향해 외쳤다.

"당신! 제이크이지?"

그 말에, 제이크가 당연하다는 듯 말했다.

제이크가 경쾌하게 웃었다.

"그래 제이크다! 너는 무엇이냐!"

리베르터가 씩 웃으며 말했다.

"나는! 붉은 제비 테카르탄의 1대 제자다!"

그 말에, 제이크가 피식 웃었다.

"네놈 스승 말고 네 이름은 없느냐!"

"이익!"

이미 제이크는 그의 스승을 알고 있었다. 아니, 드억스 역시 붉은 제비의 제자임을 알고 있었다. 그들이 휘두르는 검의 움직임만 보아도 그것은 쉽게 알 수 있었다.

"네! 이름이! 뭐냐!"

우르르릉!

심령이 흩어지는 듯한 충격을 받으며 주변 사람들이 모두 휘청거렸다.

　드억스와 리베르터의 표정만이 딱딱하게 굳어질 뿐.

　특히나 곧 검을 맞댈 리베르터의 눈은 더욱 침잠해 들어갔다.

　'나는 너의 약점을 알고 있다.'

　스승님과 함께 전설의 쾌검이라 불리던 빛의 늑대 제이크. 그는 돌연 자취를 감추더니 30년 후에 귀검사가 되어 나타났다.

　그것도 호리호리한 체형은 온데간데없고 이 세상에 다시없을 근육돼지가 되어서 말이다.

　스승의 말에 의하면, 검도 무뎌졌다고 한다.

　쾌검과 힘으로 밀어붙이는 패검의 차이는 극명하고, 양립할 수 없다.

　그런데 쾌검이었던 그가 패검으로 전향했다.

　쾌검에 적합하던 근육은 패검으로 돌아서며 큰 스트레스를 받았을 것이 분명했다. 그것은 마치 공부만 하던 수학자가 갑자기 검을 쥐는 것과도 같았다.

　그러니 그 맹점을 잘 건드리면 된다.

　그리고 그 방법을 리베르터는 알고 있었다.

　말할 것도 없다.

웅혼한 마나로 사용하는 정말 빠른 쾌검이다.

웅혼한 마나. 즉, 오러다.

오러는 짧지만, 그는 사용할 수 있다.

그리고 정말 빠른 쾌검은?

스승님의 오의 중의 오의.

붉은 제비 베기.

드윅스는 아직 그것을 익히지 못했지만 리베르터는 다르다.

그는 스승에게 사사 받았다.

그는 붉은 제비 베기를 사용할 수 있다.

오러도 있고, 붉은 제비 베기도 있다.

즉, 그것을 사용하면 제이크를 벨 수 있다는 확신이 서는 것이다.

'마나보다 강한 것은 없다. 저 뢰랄한 사술 따위, 상관하지 않고 오롯이 빠른 쾌검으로 응수한다!'

게다가 빛의 늑대이건 귀검사이건 간에, 그것은 그저 옛 명성일 뿐이다. 빛의 늑대는 30년 전 일이며, 귀검사 역시 2년 전 일이다. 에리오르슈 가문이 망하고, 귀검사 제이크 역시 종적을 감춘 후 이제야 나타난 것이다.

에리오르슈 가문이 망할 때, 귀검사 제이크 역시 엄청난 상처를 입고 도망쳤다고 알고 있다.

'불과 2년이다. 힘을 완전히 회복하기엔 까마득한 세월이지.'

씨익. 이가 드러난다.

명성을 쌓기에 이보다 좋은 기회는 없을 것이다.

"간다!"

"크하하하! 그래, 와라!"

단 한 방.

단 한 방에 승부를 볼 것이다.

리베르터는 씩 이를 드러내며 돌진해 들어갔다.

"챠하앗!"

*　　　*　　　*

해롱해롱.

리베르터는 제이크의 발아래에 곱게 누운 채, 쌔근쌔근 잠들어 있었다.

어쩌다가 일이 이렇게까지 되었냐는 경식의 말에, 제이크가 막힘없이 대답했다.

"오는 대로 족쳐서 이렇게 되었습니다!"

"그, 그렇군요."

경식은 벌려진 입을 가까스로 다물며 고개를 끄덕였다. 하긴, 경식이 생각보다 늦어진 탓에 제이크가 자신이 맡은 바 임무를 다 하다가 이렇게 된 것이었다.

"그런데 밟고 있는 둘은 누구인가요? 남들이랑 조금 행색 이 달라 보이는데……?"

그 말에, 제이크가 피식 웃었다.

"이곳에서 가장 강한 두 녀석들입니다!"

"다 제압만 하신 거죠?"

제이크가 크게 웃었다.

"크하하! 그렇습니다! 모두 다 살아 있지요! 영혼이 좀 빨 렸겠지만, 그건 어쩔 수 없습니다! 저 역시 최선을 다했으니 까요!"

영혼이 빨렸다는 소리가 무슨 소린지는 잘 모르지만, 어디 제이크가 한 말 중에서 알아들을 수 있는 말이 얼마나 될까 싶어 그냥 넘어가기로 했다.

"확실히 그 두 사람 기절한 거 맞죠!"

"예! 죽이진 않았습니다! 옛 라이벌에 대한 의리를 지켰습 니다!"

"……라이벌?"

"그런 게 있습니다! 이제 다 끝난 것입니까!"

그 말에, 경식은 자신의 상황을 깨닫고 표정이 심각해졌 다.

"트롤 34마리랑 함께입니다! 이들을 숲으로 데려다 줘야 합니다!"

"대단한 의리십니다!"

언제나 그렇지만, 호쾌하고 자신 있게 웃는 제이크의 말투에 경식은 거의 처음으로 마음이 놓였다.

경식 앞에 펼쳐져 있는 100여 명의 경비와, 제이크 뒤쪽에 도사리고 있는 200여 명의 정규군.

눈앞에 펼쳐진 극악한 상황을 타파할 유일한 해결책이 제이크였기 때문이다.

아무리 붉은 어금니와 접신한 경식이라도, 눈앞의 대군을 상대하는 것은 말도 되지 않는 것이기 때문이다.

그런 경식의 마음을 알아채기라도 한 듯, 제이크가 자신 있게 대답했다.

"이제 절 데리고 가시면 됩니다! 여기서 버티느라 힘이 전혀 남아 있질 않습니다!"

"......"

잠깐. 지금 뭐라고요?

"잘 못 들었습니다?"

제이크가 크게 말했다.

"제가! 지금! 힘이! 다 빠져서! 도움이! 되질! 않는다는 말입니다! 크하하하!"

"그런 말 하면서 웃지 마!"

"시간은 벌어드릴 수 있습니다! 근성으로 버티지요!"

"그런 문제가 아니잖아요, 젠장!"

경식은 한숨을 내쉬며 뒤를 돌아봤다.

자신만을 오매불망 바라보고 있는 34마리의 트롤이 2열로 줄지어 있었다.

이들을 반드시 데리고 나가야 한다.

하지만 어떻게?

보고만 있던 붉은 어금니가 한숨을 내쉬었다.

[힘든. 싸움. 예상된다. 하지만 채취를. 풍기면…… 가능성. 있을지도.]

갑자기 경식의 주변으로 스멀스멀 샛노란 기운이 풍겨져 나왔다.

바로 그 스컹크보다 100배는 더 심할 것 같은 그 냄새였다.

그 냄새를 풍기며 붉은 어금니가 외쳤다.

[크르르. 크를 크르르르르르르!]

그 말에 다른 트롤들이 호응하기 시작했다.

크르르르르!

크로로로로롤!

무슨 말인지는 모르나, 대충 자신을 따라오라는 말인 것 같았다.

그것도 냄새를 풍기면서 말이다.

경식은 앞으로 걸어 나갔고, 34마리의 트롤들은 아무리 피골이 상접했다 하더라도 위협적인 종류의 것이었다.

100명의 경비병들이 주춤 뒤로 물러나기 시작했다. 모두가 코를 막은 채 미친 냄새를 다 맡는다는 표정이다.

그걸 보던 왕년 노인이 고개를 주억거렸다.

—과연. 비루하다고는 하나 트롤들은 트롤들이구면. 저렇게 많은 트롤들이 냄새를 풍기니 접근을 아예 못하는구면?

[그 냄새가면인가 뭔가 하는 것도 고급품인가 봐. 일반 병사들한텐 지급이 안 된 것 같은뎅?]

경식도 보고 놀라는 중이다.

"호오. 이 정도면 이곳은 무사히 빠져나갈 수도 있겠는데?"

그렇게 생각한 경식이 소리쳤다.

"우린 아무도 공격하지 않을 것이다! 공격한 녀석만! 그 녀석만 이 트롤들에게 잡아먹힐 줄 알아라!"

오싹.

냄새도 맡기 싫은데 저런 것들한테 잡아 먹혀야 한단 말인가?

모두들 설레설레 하며 뒤로 물러났다.

이미 그들을 통제해야 하는 기사들 중 2명은 수잔나에게 접신했던 붉은 어금니가 죽었고, 4명은 경식이 실신을 시켰고, 나머지 5명은 제이크가 떡 실신을 시킨 후였기에 명령체계 역시 잡혀 있질 않았다.

그냥 숫자만 많은 오합지졸들.

그들은 경식이 앞으로 걸어가자 스스로들 길을 열어주었다. 냄새가 심해서 그 길의 폭이 필요 이상으로 넓기까지 했다.

─일이 너무 수월하게 풀리는 것 같지 않나?

[흐응. 그러게 말이야. 너무…… 쉬운데?]

"좋은 게 좋은 거지 뭐. 사실 트롤들이 냄새 풍기는 거 없었으면 일이 쉽게 됐겠어? 이대로 제이크와 합류해서, 그대로 숲으로 가는 거야. 알았지?"

경식은 안고 있던 루티에르 종. 잠들어 있는 수잔나의 이마를 어루만지며 그리 말했다.

"우선 이 녀석은 보르도 아저씨한테 갖다 줘야 할 텐데, 시간이 나려나 모르겠네."

그렇게 태평하게 걷고 있을 때였다.

콰앙!

갑자기 굉음이 주변을 떨어 울렸다.

굉음을 낸 주인공이 또 제이크인가 싶어서 경식은 제이크

를 바라봤는데, 제이크는 가만히 경식을 기다리며 어느 한 곳
을 멍하니 바라볼 뿐이었다.

"어딜 그렇게……?"

제이크의 시선을 따라 경식 역시 시선을 옮겨 보았다.

그리고 돌처럼 굳어버렸다.

"……"

그곳엔,

엘바론의 연구실에서 시체처럼 축 늘어져 있던 키메라가
있었다.

그것도 살아 있는 채로, 4층의 벽을 부수고 아래쪽에 있는
모두를 바라보고 있었다.

쿠어어어어어어어어!

"뭐, 뭐야 왜 저 녀석이?"

놀랄 겨를도 없었다.

키메라는 4층의 높이를 훌쩍 뛰어내렸다.

쾅!

거대한 굉음!

그리고 일렁이는 먼지바람!

그것이 키메라의 모습을 가렸다. 가린 키메라의 주위에는
비명 소리가 가득했다.

으적! 으저적!

으, 으아아악!

크아아아아악!

경비병들의 비명 소리와 함께 먼지바람이 걷히며 나타난 풍경은, 주변에 있는 모든 것을 먹어치우는 살육의 현장이었다.

크르르르!

키메라가 한 경비병의 머리를 으적으적 씹으며 주변을 둘러 봤다.

키메라의 뱀처럼 세로로 찢어진 갈색 눈동자가 경식을 보았다.

그리고, 경식이 대동하고 있는 트롤을 본다.

그 눈에서 식욕이 느껴진다.

파앙!

덩치에 맞지 않은 빠른 움직임!

키메라는 입을 쩍 벌려 눈앞에 있는 먹이를 으적으적 씹어 댔다.

저항도 못하고 비명만 지르고 있는 먹이의 정체는,

바로 34마리의 트롤들 중 운 없는 한 마리였다.

Chapter 6
진명

크아아앙!

피골이 상접한 트롤이 비명을 지르며 발버둥 쳤다. 하지만 트롤의 하체는 이미 사라지고 없었다. 재생을 해 보려 하지만 그것도 여의치가 않고, 애초에 아무리 트롤이라 하여도 몸뚱어리의 반쪽을 통으로 재생하는 것은 불가능했다.

키메라의 입은 계속해서 움직였다.

으저적. 으적!

…….

운 없는 트롤 한 마리가 전부 사라지는 데에는 30초가 채 걸리지 않았다.

크르르! 크르!

우둑! 우드드득!

트롤 한 마리를 통으로 섭취한 키메라의 몸에서 이상한 변화가 일어났다. 뼈 부딪치는 소리와 우거지는 소리가 함께 나더니, 키메라가 풍선처럼 부풀어 오르는 듯했다.

크르!

키메라는 씨익 이를 드러내며 새파랗게 질려 있는 다른 트롤에게로 향했다. 그리고 입을 벌려 그 트롤을 씹었다.

으적!

이 트롤 역시 비명을 지르며 죽어갔다. 크기가 커진 탓인지 조금 전보다 먹는 것이 수월했다.

그리고 어김없이 이어지는 뼈 부딪치는 소리.

키메라는 점점 커지고 있었다.

크아아아!

으적! 으저적!

트롤을 섭취하고 키메라의 덩치가 커지는 것이 반복되었다. 그 일련의 동작이 너무 자연스럽고 빠르고, 또한 충격적인 일이었는지라 모두가 그것을 보고만 있었다. 더군다나 크기가 더욱 커지는 바람에, 트롤을 한 입에 집어삼킬 정도로 거대해졌다.

크기가 못해도 30미터.

이제 4층짜리 건물인 연금술사 길드보다 키메라가 더욱 거대해진 상태였다.

"으, 으악!"

"으아아아아아!"

주변의 경비병들이 비명을 지르며 뿔뿔이 흩어졌다. 저렇게 거대한 괴물을 앞에 두면 나타나는 당연한 반응이다.

[이건. 이건. 이건……!]

붉은 어금니는 말없이 동포들이 먹히는 꼴을 보고 있었다. 다 되었다고 생각했을 때 갑자기 나타난 저 괴물이 무엇인지도 이해가 되지 않았고, 눈앞의 상황이 머리로는 이해가 되었지만 마음속으로는 이해가 되지 않았기 때문이다.

그리고 그것은 경식 역시 마찬가지였다.

"이, 이런. 어째, 이걸?"

경식은 주변들 둘러봤다.

구미호는 말없이 그 상황을 보고 있었고, 그것은 왕년 노인 역시 마찬가지였다.

―저건 키메라라는 것일세. 알겠지만 조금 전 길드마스터인가 뭔가 하는 사람이 만든 것 말일세.

"그때는 저렇게 크지 않았잖아요?"

―낸들 아는가? 육체가 불어나는 성질을 가지고 있는 모양이야.

경식이 뒤를 돌아봤다.

제이크를 보고 있는 것이었다.

제이크는 기절한 두 기사를 발아래 둔 채 표정이 굳어 있었다. 그 역시 이런 광경은 태어나서 처음 보는 것이었다.

"끔찍하군요!"

"아니 그런 말만 하지 말고 이젠 어떻게……!?"

경식은 말을 하다 말고 인상을 찌푸렸다.

자신의 몸이 자기 멋대로 움직이고 있었다.

그리고 경식은 이게 어떤 현상인지 정확히 알고 있었다.

오크 신이 경식의 몸을 지배하려 했을 때가 딱 이러했다.

붉은 어금니가 이성을 잃어가고 있다는 증거이기도 했다.

그의 몸이 점점 앞으로 나아가고 있었다.

'아니 너의 마음은 이해가 가는데, 그래도 상황이…….'

[지금. 나를 배신. 하겠다는. 것인가!]

'으으음.'

경식은 이를 악물고 뒤를 돌아봤다. 아무래도 가장 강한 제이크가 이 상황을 해결할 사람으로 보였기 때문이다.

"어쩔까요?"

제이크는 당연하다는 듯 대답했다.

"주인님 뜻대로 하십시오!"

"아니, 그게 도움이 되는 말입니까, 그게!"

"하하하하! 아시겠지만 저는 지금 힘이 없습니다! 툭 밀어도 넘어지는 그런 상태입니다!"

"아니 그런 말 쉽게 내뱉지 말라고요!"

"사실인 걸 어쩝니까!"

"다 들리잖아! 듣고 건들면 넘어지잖아! 그러니까 말을 하지 말라고, 이 무식하게 정직한 사람아!"

제이크는 시종일관 호쾌했다.

"이 상황을 해결하는 건 주인님입니다! 전 당신의 결정에 따를 뿐! 어쩌겠습니까! 도망가라시면 로열티를 타고 도망갈 순 있을 겁니다!"

"……으음."

경식은 고민을 하는 와중에도 자신의 팔다리가 멋대로 움직이는 것을 확인하고는 한숨을 내쉬었다.

지금 붉은 어금니는, 필사적으로 앞으로 나아가고 있었다.

하지만 경식은 저 거대한 키메라를 상대할 자신이 없었다.

도망가면 갈 수 있을까?

물론 갈 수 있다. 형체가 있는 것은 제이크와 자신뿐이고, 자신의 몸을 장악하려는 붉은 어금니 역시 구미호가 나서면 잠잠하게 만들 수 있으니까.

[경식아. 어떻게 할까?]

구미호 역시 경식의 의사에 따르겠다는 듯 그리 물어봤다.

왕년 노인 역시 금방이라도 로열티를 따라 길을 떠날 채비를 하고 있었다.

경식은 머리를 긁적였다.

그때, 몸 안에서 오크 신이 말을 걸어왔다.

[취익! 죽을 위기에 봉착. 그렇다면 도망을 가는 게 상책! 취익!]

[네노오옴!]

[취익! 트롤의 죽음 따위의 것! 알바가 아닌 것! 취익!]

아무리 원수 같은 사이라도 같은 처지의 오크 신마저 붉은 어금니를 외면하자, 붉은 어금니는 미치고 팔짝 뛸 지경이 되었다.

[부탁. 이다. 나머지. 동포만이라도 부디. 부디…….]

이제 붉은 어금니가 자신에게 빌기까지 한다.

경식이 한숨을 푹 내쉬었다. 그리고 머릿속에서 이뤄지는 고속대화를 시작했다

'벌써, 트롤 중에 반 이상이 당했어. 이건 내가 보자마자 달려들지 않았기 때문일까?'

[그건. 아니다. 하지만. 나머지. 만이라도…….]

'솔직히 말해서, 알고 있었잖아? 저 트롤들이 살지 못할 거라는 걸. 이미 회복할 수준이 아니었다는 걸 말이야.'

경식은 한눈에 보아도 알 수 있었다. 이미 트롤들의 몸 상

태는 회복할 수 있는 상태가 아니었다.

붉은 어금니가 어렵게 내뱉었다.

[그들은. 회복의 씨.앗이 사라졌다. 이미…….]

'그래, 이미 가망이 없어. 솔직해지자, 우리.'

붉은 어금니 역시, 이미 가망이 없다는 건 알고 있었던 모양이다. 하지만 억지로라도 숲으로 데려가고 싶었다. 그 마음을 이해한다.

하지만.

'숲에 데려간 다음엔? 어떻게 하려고 했는데?'

[……지금. 이들. 버리자고 하는. 말이냐!]

'그게 아니라, 구해도 어차피 죽을 거라는 이야기야.'

[…….]

'난 네가 마음이 가는 대로 하게 해 주고 싶어. 그게 내 약속이었잖아.'

[…….]

'벌써 20마리가 넘게 먹히고 있어. 크기가 점점 커지고 있다고. 이대로 가다간 더 승산이 없을 것 같은데!'

[…….]

'그래도 난 싸울 거야. 왜? 너와의 약속을 지키기 위해서!'

경식은 그런 말을 하면서 속으로 놀라고 있었다. 이건 뭐, 경식은 요즘 목숨을 초개와 같이 버릴 준비가 되어 있는 사람처럼 행동하고 있다.

내가 죽고 싶어서 환장했나?

요즈음 들어 이상했다. 분명 죽을 자리인데, 달려들게 된
다.

무엇을 믿고?

믿을 거 하나도 없는데?

목숨을 잃는 것이 완전한 죽음이 아니라는 믿음 때문일
까?

아니, 그것도 아니었다.

좀 더 깊은 내면에서부터 끓어오르는 자신감 때문일 것이
다.

솔직히 뭔가 질 것 같다는 생각이 들지 않았다.

육감의 발달이라고 해야 하나?

이상했다.

이상한데,

더욱 미치고 팔짝 뛸 노릇은, 눈앞의 거대하고 무시무시한
키메라가 점점 무서워 보이지 않는다는 점이었다.

마치 컴퓨터 화면 너머에서 자신의 아바타를 조종해서 눈
앞의 키메라라는 몬스터를 처치하려는 느낌이 들었다.

이게 기분 탓인지, 아니면 정말 그런 것인지…… 정말 그런
것이면 할 만한 싸움이겠지만, 기분 탓이라면 자신감이 얼마

나 많던 간에 얼마 버티지 못하고 죽을 것이다.

'무슨 이유인진 몰라도, 이번에도 질 것 같지는 않다.'

근거 없는 자신감.

그걸 알면 피해야 되는데, 이상하게 그 자신감에 고양돼서 가슴이 시키는 대로 하고 싶단 말이다.

"그래, 가자! 약속 지키마!"

경식이 이를 악물며 온몸에 힘을 주었다.

[고. 고. 맙다!]

쓰악!

경식의 손아귀에 장갑처럼 씌워져 있던 붉은 어금니의 소울 아머에서 손톱이 뽑혀져 나왔다.

온몸에 힘이 넘쳐났다.

경식과 붉은 어금니와의 싱크로율이 높아진 탓이었다.

더더욱 자신감이 넘쳐났다.

"어이, 이상하게 생긴 덩치 큰 녀석!"

그 말에, 인간이건 트롤이건 미칠 듯이 씹어 먹던 거대한 키메라의 시선이 경식에게로 향했다.

크르르르!

"오냐, 그래. 어디 한 번 먹어봐라!"

경식이 이를 악물며 키메라에게로 달려갔다. 키메라는 그런 경식을 보며 약간 당황했다. 먹잇감이 제 발로 달려오는 게 이상했던 것이다.

하지만 당황하는 것도 잠시였다. 키메라가 앞발을 거세게 휘둘러 왔다.

키메라의 앞발은 독수리의 발처럼 날카로웠다.

'정말 생각할수록 이상하게 생겼군.'

키메라라는 녀석은 정말 이상하게 생겼다. 말 그대로 여러 생물을 합쳐 놓은 것이니 당연하다.

머리는 사자였고, 척추 중앙을 기점으로 위쪽은 닭이나 독수리의 것이었으며 뒤쪽은 다시금 사자의 것이었다.

그리고 웃긴 건, 꼬리가 파충류의 것이었는데 그 끝에는 뱀의 머리가 날름거리며 지금 이 순간에도 도망가는 병사를 물어 삼키고 있다는 것이었다.

그 크기 역시 이제는 40미터가 넘어간다.

이건 거대한 수준을 넘었다.

흡사 옛날에 죽어 없어졌다는 공룡을 보는 듯한 기분이다.

게다가 앞발이 날아오는데 그 속도도 상상 이상이었다. 저 것에 짓눌리면 분명 짜부라질 것이다.

하지만 경식은 뒤로 빼지 않았다.

피할 자신이 있었고,

피했다.

파아아악!

경식의 바로 앞의 바닥이 푹 하고 꺼졌다. 경식은 무사했다. 새 개의 거대 닭발의 발가락 사이에 정확히 들어가 데미지가 없었다.

'와, 뭐야 내가 이럴 수 있나?'

결코 우연이 아니었다. 의도한 바였다. 지금껏 머릿속으로 상상한 것이 그대로 실현되는 경우는 없었는데,

지금은 된다!

경식은 손을 들었다. 그와 동시에 경식이 입고 있는 붉은 어금니라는 소울아머가 동시에 움직였다.

잘 벼려진 듯한 다섯 개의 칼날손톱이 휘둘러진다.

촤악!

거대한 닭발이 잘리며 피가 분수처럼 뿜어져 나왔다.

거대한 체구가 한 쪽으로 기운다.

경식은 뒤로 물러나는 대신 키메라의 아랫배 쪽으로 이동했다.

모든 동물이 그러하듯 두꺼운 겉가죽과는 달리 이곳은 비교적 연한 살이 자리 잡고 있었다.

양손 바닥을 쫙 펼쳤다.

열 개의 칼날 손톱이 위를 향했다.

경식은 키메라의 꼬리 쪽으로 빠져나가며 아랫배를 쫘악 긁었다.

아랫배에 열 개의 선이 그어지며 피가 쏟아졌다.

그것은 예리한 메스를 이용하여 아랫배를 세로로 찢는 것과 같았다.

"챠앗!"

재빨리 꽁무니로 빠져나온 경식이 파르르 떨고 있는 뱀의 꼬리. 그 머리로 다가갔다. 머리 부분은 고통으로 인해 몸부림치고 있었다.

경식은 높이 도약했다.

그 도착지점엔 뱀의 머리가 있었다.

그것을 손톱으로 찍어 갔다.

열 개의 손톱이 한 점으로 모이며 두 개의 거대한 칼날이 되었다.

그것이 못처럼 뱀의 머리를 찍었다.

푸우욱!

뱀의 머리가 축 늘어졌다.

크아아아아아!

본체가 그제야 비명을 질러 댔다.

경식은 씩 웃으며 뒤를 돌아봤다. 배에서 피가 분수처럼 뿜어져 나왔다.

"후우! 뭐야 너무 쉬운데?"

[나와 네.가 상성이 잘.맞기. 때문이다.]

붉은 어금니는 경식에게 힘을 빌려줌으로써, 살아생전의 무위를 비교적 상세하게 재현해 낼 수 있었던 모양이다.

경식이 느꼈던 '상상한 이미지가 실체화 되는 듯한' 느낌은, 붉은 어금니의 살아생전 전투 감각이 경식에게로 비교적 정확히 반영되었기 때문이기도 했다.

오크 신과는 달리, 붉은 어금니는 경식과의 상성이 잘 맞는 듯했다.

"흠! 몸집은 크지만, 회를 치면 되는 거겠지?"

뭔가 동물을 해체하는 느낌이 들어 꺼림칙하긴 했지만, 그것은 생각일 뿐 많은 사람들과 트롤들을 죽인 원흉을 가만히 놔두는 것은 더 싫었다.

그때, 구미호가 놀라서 소리쳤다.

[피해!]

"으잉?"

좌라라라라라락!

방금 전 주둥이가 찍혔던 뱀이 살아 움직이든 경식의 몸을 조여 왔다. 뱀의 굵기가 거의 경식의 몸통 크기 정도 되었기에, 그것이 경식을 조이자 숨이 턱 막혀 왔다.

"끄으윽!"

캬아아아!

꼬리에 있는 뱀은 경식을 들어 올린 후 당장이라도 물어

삼킬 것처럼 혀를 날름거렸다.

그런데, 경식이 입천장에 새긴 바람구멍의 크기가 점점 줄어드는 것이 보였다.

회복하고 있는 것이었다.

뒤를 돌아봤다.

어느새 피를 철철 흘리고 있던 키메라가 벌떡 일어나 경식을 노려보고 있었다.

앞발은 물론 아랫배 역시 점점 그 상처가 경미해지며 나아가고 있는 실정이었다.

"뭐지? 지가 트롤이라도 되나?"

경식의 말에, 붉은 어금니가 이를 악물었다.

[피에서. 느껴졌다. 동포들의. 진한. 피비린내가……]

순간 뭔가 생각난 왕년 노인이 소리쳤다.

—그 키메라에 사용되는 50리터의 피라는 것이 죄다 트롤의 피였나 보군!

이곳 연금술사 길드에서 가장 쉽게 구할 수 있는 피는 단연 트롤의 피였다. 물론 비싸지만, 그것을 판매하는 곳인 만큼 구하기가 쉽다 이 말이었다.

트롤의 피 50리터면, 포션을 수천 병은 만들 수 있을 만큼의 양이다.

그 양이 전부 키메라에게 들어갔다.

그러고는 트롤을 씹어 삼키며 자신의 몸체를 불려 나갔다.

눈앞의 키메라가 트롤이라고 해도 과언이 아닐 정도의 회복량을 가진 것에는 다 이유가 있었다.

[크아. 아아아아!]

거기까지 이해한 붉은 어금니가 분노의 흥성을 토해 냈다.

그에 따라서 경식에게로 유입되는 힘 역시 막강해졌다.

꼬리에 붙은 뱀의 머리가 경식을 삼키려는 듯 아가리를 벌렸다.

키야아아아!

뱀의 입에서 냄새가 그냥 몰려왔다.

경식이 인상을 찌푸렸다.

"아오, 냄새가 심한데? 하긴."

자신이 더 심하다.

경식이 입을 열었다.

그러자 입에서부터 샛노란 연기가 뿜어져 나왔다.

콰아아아아아!

크흐. 크흐으으으으!

뱀이 이상한 소리를 내며 몸부림을 친 덕분에 경식은 빠져나올 수 있었다.

"냄새공격이 상당히 유용한데?"

[향. 취다!]

"그, 그래 향취. 아하하."

이게 향취면 스컹크는 겁나 향기롭겠네!

경식은 그런 생각을 하며 뒤로 물러났다. 그가 뱀처럼 생긴 꼬리에 새겨놓은 칼집(?)도 어느새 모두 회복한 키메라는 경식을 죽일 듯 노려봤다.

그리고 앞발을 횡으로 그어 왔다.

"큣!"

빠르다. 처음엔 그를 얕잡아본 공격이었었는지 두 번째 공격은 확실히 예리했다.

완전히 피할 순 없다.

손을 들어 막았다.

쾅!

경식의 몸이 뒤로 쭉 날아갔다.

"오, 오메메!"

엄청난 아픔이 팔에 전해졌다. 아마 팔로 막지 않았더라면 몸이 으스러졌을 것이다.

하지만 그 고통은 결코 '팔이 부러졌을 때' 나올 법한 고통이 아니었다. 좋게 봐줘도 팔을 부러지기 직전까지 세게 얻어맞았을 때 나오는 종류의 고통이었다.

고통이 둔감해져 있다는 뜻이었다.

그리고 멍들었던 팔은 언제 그랬냐는 듯 나아지며, 회복되는 곳이 마사지를 받은 듯 시원해졌다.

아픔 뒤에 오는 시원함. 왠지 중독이 될 정도의 것이었다.

'트롤이 회복을 하면 이런 느낌이야?'

[이런. 느낌. 난다. 고통이. 익숙해지기. 위한. 우리만의. 특.징이다.]

재생력이 좋다는 것은 그것을 무기로 삼는다는 말이다. 무기로 삼는다는 말은 다치더라도 공격을 하는 것이 습관화 되는 것이다.

듣고 있던 구미호가 떨떠름하게 말했다.

[벼, 변태 같아.]

[무.슨 소리! 아프.니까 청춘이다!]

이건 뭔 소린지.

둘이 그런 말을 주고받을 만큼 한가로운 이유는, 갑자기 키메라가 멈춰 선 채 경식을 노려보고만 있었기 때문이다.

조금 전 트롤처럼 재생을 하는 것을 보았기 때문에, 경식은 섣불리 달려들지 않고 때만 기다리고 있었다.

주변엔 도망친 사람들과 죽은 시체들. 그리고 자리를 지키고서 키메라와 경식을 노려보고 있는 영지 정규군이 있었다.

꽤나 오랜 시간이 지난 후,

갑자기 키메라가 굉음을 토해내기 시작했다.

쿠에에에에에에엑!

"뭐, 뭐여! 뭔 돼지 멱따는 소리여!"

쿠웨에에에에에!

키메라가 입에서 무언가를 강하게 뿜어냈다. 그 수증기는 하늘로 올라가 구름과 합쳐지더니 구름이 먹구름처럼 변한다.

"저, 저 녀석 뭐 하는 거지?"

경식의 말에 어느새 어기적 어기적 걸어온 제이크가 인상을 찌푸리며 말했다.

"영혼의 찌꺼기 같은 겁니다."

"……네?"

"말 그대로, 필요 없는 부분을 버리는 것 같네요. 저것에 노출되지 마십시오. 좋은 꼴 못 봅니다!"

그 말에 얼른 뒤로 물러났다. 일행은 많지만, 실질적으로 살아 있는 건 경식과 제이크밖에 없었기에 일행들의 이동은 쉬웠다.

그러면서 경비들에게 말했다.

"죽기 싫으면 뒤로 물러서요! 저 연기에 노출되면 안 됩니다!"

"끄응!"

제이크는 자신의 발 아래서 한가롭게 잠을 자고 있는 드억스와 리베르터들의 목덜미 쪽을 쥐더니 그대로 들어 올려 옮겼다.

연기가 전부 올라가자, 키메라의 본체가 모습을 드러냈다.

사자의 머리. 닭의 앞다리. 다시금 사자의 뒷다리. 그리고 뱀의 꼬리.

바뀐 건 없는데, 크기가 변했다.

2배는 작아져서 이젠 키가 20미터가 안 되어 보였다. 조금 전 40미터 때보다 2배나 작아졌다.

대신 신체 변화가 일어났다.

갈기가 검은 색으로 바뀌었으며, 꼬리에 있는 뱀의 머리 쪽이 일반 뱀에서, 코브라처럼 변하였다.

닭발처럼 생긴 녀석 역시 마찬가지다.

오골계처럼 닭발이 검은 색이 되었다.

뭔가 조금 전보다 2배는 작아졌는데,

조금 전보다 3배는 세 보인달까?

놀랍게도 키메라의 입이 열렸다.

"크휙휙휙휙휙. 아아, 네놈이군."

"……뭐, 뭐라굽쇼?"

경식이 깜짝 놀라서 뒤로 한 발자국 물러났다. 키메라는 그 모습을 보며 얼굴을 찌푸렸다.

아마 표정을 짓는 것 같은데, 모르긴 몰라도 웃고 있는 것 같았다.

"내가 누군지 알겠느냐?"

"내가 어떻게 알아, 이 키메라야!"

"클클클. 그래, 키메라지. 하지만 다른 이름이 있다."

그렇게 말하며 키메라가 고개를 푹 숙였다.

그러자 민둥머리가 드러났다.

자식이 갈기가 있는 주제에 원형탈모인 모양이었다.

그런데, 원형탈모의 이마 부분에 인간의 얼굴이 그려져 있었다.

꽤나 낯익은, 조금 전에 봤던 얼굴이다.

경식이 입을 쩍 벌렸다.

"엘바론!"

그림인 줄로만 알았던, 민둥머리 쪽의 엘바론의 얼굴이 눈을 뜨며 씩 웃었다.

마치 가면처럼 얼굴만 웃고 있으니 상당히 그로테스크했다.

"크하하하! 그래, 나! 이곳 길드 마스터인 엘바론이다! 위대한 연금술을 위해 친히 제물이 되었지. 하지만 난 이 몸을 장악했고, 이 몸은 자유자재로 움직일 수 있게 되었다!"

"흐음."

경식은 얼굴을 굳히고 그런 엘바론을 노려봤다.

그 눈빛은 말 그대로 인간 이하의 것을 노려보는 눈빛이었다.

엘바론이 이죽거렸다.

"뭐냐. 왜 그딴 눈으로 나를 보지?"

"네놈. 제정신이야?"

빠드득.

경식이 이를 악물었다. 문 잇새에서 피가 새어 나오는 것 같은 착각이 일 정도로 세게 악물었다.

"네가 잡아먹은 인간들은 무슨 죄야?"

그 말에, 엘바론이 피식 웃었다.

"대를 위한 소의 희생은 언제나 감행되어 왔던 게지. 그들이 죄가 있다면, 바로 약한 것이 죄다!"

"아주 쌩 지랄을 하네. 퉤!"

경식이 침을 뱉었다. 눈앞의 키메라가 정말 역겨웠다.

"큭큭! 왜, 이 몸이 더럽냐? 걱정 마라. 네놈 역시 이 몸의 일부가 될 테니까 말이다. 그것이 너에 대한. 복수다!"

복수라는 말에 어이가 없었다.

"그럼 난 이 죽은 모두의 복수를 너에게 하면 되는 거냐?"

"끌끌. 뭘 모르는군. 그들 역시 연금술사 길드의 일원이다. 나는 연금술을 위해 이 한 몸 기꺼이 바쳤거늘 그들은 왜 못 바치겠느냐. 복수라니 가당치 않지!"

우르르릉.

목소리에 실린 거대한 울림에 모두가 벌벌 떨었다.

물론 경식 역시 떨렸다.

어떻게 하면 저렇게 편향적인 생각을 할 수 있는지 정말 치가 떨려 미칠 것만 같았다.

"내가 너에게 하는 것. 그것이 복수다!"

"아니, 내가 왜?"

"너는 루티에르종을 가져갔다. 덕분에 난 이 꼴이 되었지! 다시는 인간으로 돌아갈 수 없는 이 꼴이 되었단 말이다!"

"뭐 좀 전까지는 위대한 연금술에 그 한 몸 바쳤다며!"

"닥쳐라! 어, 어쩔 수 없이……"

"자식아! 기꺼이 바쳤다며!"

"으, 으으으으!"

"바쳤다며!"

"시끄럽다아아아!"

엘바론은 머리를 감싸고는 괴롭다는 듯 중얼거렸다.

"복수한다. 나를 무시한 모든 것들에게…… 우선은 너를 찢어발겨 먹어 주마. 그러고는 연금술사 길드 본부에 가서 나의 연금술을 증명할 거다. 연금술사 본부의 차기 길드마스터가 될 거야!"

"그 몸으로?"

참도 잘 인정을 해 주겠다.

가서 뒈지지나 않으면 다행이지.

"연금술사 길드라면 날 받아 줄 것이다. 안 받아 준다면? 이 몸의 연금술의 재료가 될 뿐!"

결국 가서 다 죽인다는 말이었다.

"그래, 그걸 다 죽이고 나면? 당신 혼자 길드마스터가 돼서 어쩌려고?"

"클클클. 그건……."

잠시 생각해 보던 엘바론이 픽 웃었다.

"그때 가서 생각할 일이지. 오히려 잘 된 일이기도 하고! 내가 연금술사 길드 자체가 되는 것이니까!"

"……."

갱생의 여지가 없다.

물론 갱생한다고 해도 갱생시켜 줄 의리도, 갱생시켜 줄 능력도 없지만 말이다.

"긴 말 필요 없다. 네놈을 여기서 먹어 주……?"

푸학!

갑자기 엘바론의 옆구리에서 무언가가 팍! 하고 튀어나왔다.

거대한 곤충의 다리였다.

하지만 그것은 누군가가 찌른 것이 아니라, 자기 스스로 피어오른 것이었다.

시종일관 여유롭던 엘바론의 눈동자가 크게 흔들렸다.

"부, 불완전 작용!"

엘바론은 사자의 입으로, 그 간헐적으로 버둥대는 곤충의 다리를 먹어치웠다. 거의 대부분이 뜯겨나가자, 다리의 뿌리 부분은 형태를 유지하지 못하고 축 말라비틀어져 사라졌다.

"루티에르…… 루티에르종을! 그 빌어먹을 마계와 중간계의 혼합품을 내놔라!"

"흥!"

그 말에 경식이 뒤를 돌아봤다.

그곳엔 제이크가 그 거대하고 두툼한 손으로, 루티에르종을 꼬옥 쥐고 있었다.

"그거, 넘기면 안 됩니다!"

"목숨을 바쳐! 으리로써 지키겠습니다!"

"좋아요!"

아무래도 저 녀석만 넘겨주지 않으면 제 풀에 자폭할 것 같았다.

"절대로 안 넘겨줄 건데?"

"그렇다면 죽음만이 기다릴 뿐이다!"

"넘겨주면? 난 어떻게 되지?"

"죽는다!"

"뭐 이런 생 또라이가 다 있어!"

촤앙!

경식의 손 부분에서 반투명한 열 개의 칼날이 솟아났다.

그 길이는 무려 1미터.

소울아머이니만큼 무겁지도 않았다.

몸도 최고로 가볍다!

누구에게 질 것 같은 생각이 들지 않는 이 정신적인 고양감!

경식은 이를 씩 드러내며 키메라. 엘바론에게 달려들었다.

달려드는 경식의 주변엔 샛노랗고 무거운 수증기가 뿜어져 나오고 있었다.

그것은 그의 채취!

그 채취가 경식을 별똥별의 꼬리처럼 감쌌다.

"흥!"

엘바론은 이를 씩 드러내며 그 공격에 대비하려 했다.

하지만 곧 흠칫하며 물러났다.

"무, 무슨 냄새가······!"

키메라가 된 탓에 코가 예민해져서인지, 더더욱 견디기가 힘들었다. 엘바론은 자신도 모르게 뒤로 주춤 물러났지만 거대한 엘바론이 조그마한 경식보다 빠를 리가 없으니 금방 붙잡혔다.

경식은 이를 씩 드러내며 그런 엘바론에게 다가가 손톱을 휘둘렀다.

물론 엘바론 역시 거대한 앞발로 심장을 찔러 오는 경식을 후려 쳤다.

파악!

경식이 땅에 처박히듯 내동댕이쳐졌지만 엘바론은 그것을 보고 웃을 겨를도 없었다.

처박히기 무섭게 일어나 화살처럼 경식이 날아들었기 때문이다.

이미 처박혀서 생긴 상처는 회복된 모양이다.

오히려 좀 전보다 더욱 빠르게 쇄도한다!

"아아, 쳐 맞으니까 기분 좋다!"

"미친!"

엘바론이 대응을 하려 반대 손을 휘둘렀지만, 거대한 만큼 굼뜨기 그지없었다.

그리고 경식은 엘바론의 심장이 어디에 있는지 정확히 알 수 있었다. 물론 투시 같은 것이 가능한 것은 아니었지만, 상대방에게 흐르는 피의 흐름이 느껴진다.

아마 이것도 붉은 어금니의 능력임이 틀림없었다.

피의 흐름. 그곳의 원천은 바로 앞가슴 쪽이었다.

뭐, 솔직히 당연하다면 당연한 위치이긴 했다.

경식의 오른손 다섯 개의 칼날이 한 점으로 모였다.

그리고 엘바론의 심장 부분을 정확히 찔렀다.

파악!

파바바박!

동시에 네 번을 연달아 찔렀다. 열 개의 칼날이 서너 번 심장을 찌르는 데에는 오랜 시간이 걸리지 않았다.

"크어엉!"

엘바론이 괴로워하는 가운데, 경식은 재빨리 뒤로 물러나며 입을 벌렸다.

목표는 괴로워하는 키메라의 거대한 콧구멍이었다.

붉은 어금니가 '채취'라고 우기는 고약한 냄새가 엘바론의 코로 들어가 대뇌의 전두엽까지 강력한 자극이 되었다.

"크아아아!"

심장을 찔리고 대뇌의 전두엽에 엄청난 타격을 입은 엘바론이 비명을 지르며 괴로워했다.

그 틈을 타, 경식은 엘바론 앞에서 한쪽 무릎을 꿇었다.

"내가 무릎을 꿇은 이유는!"

그의 몸에서 옅은 보라색의 아지랑이가 뭉게뭉게 피어났다. 그리고 그 아지랑이는 양손으로 모이더니 더욱 짙은 보라색이 되어 뭉게뭉게 피어났다.

경식이 이를 드러내며 외쳤다.

"추진력을 얻기 위함이었다아아아!"

파아앗!

열 개의 손톱이 한 곳을 향해 찔러 들어갔다.

푸학!

순간. 보랏빛 기운이 단번에 엘바론의 척추까지 뚫어버렸다.

"그, 그어어어!"

20미터의 거구가 축 늘어졌다.

쿠웅!

씨익

경식의 입가에 잔인한 미소가 얼비쳤다.

그때, 옆에 있던 구미호가 다가와 말했다.

[경식아. 네가 강해진 건 좋아. 그런데…… 너무 잔인해졌어. 알아?]

"……뭐라고? 난 단지……."

뭔가 울컥해서 말을 이으려고 하다가 경식은 입을 다물어버렸다.

그래, 붉은 어금니와 접신을 하여 그는 전투능력이 향상되었고 과감해졌다.

반대로 말하자면 상당히 잔인해졌다.

물론 몸을 움직이는 주체는 경식이었다. 하지만 붉은 어금니의 영향을 상당수 받고 있었다.

점점 물들어가는 것이다.

경식은 빙긋 웃으며 구미호에게 손을 뻗어 그녀를 쓰다듬었다.

쓰담쓰담.

"고마워. 네 말이 맞는 것 같아."

그에 따라 구미호의 여우 불 색깔이 붉은 색에서 다홍빛으로 변했다.

[흐, 흥! 딱히 너를 생각해서 그런 건 아니야. 그, 그래! 난 네가 잔인해져서 좋아서 그런 거야! 이 세상을 살아가는 데엔 자, 잔인할 필요가 있엉!]

"그래 그래서 고맙다구~"

[아이 참! 그게 아닌데! 이게에?]

둘이 여유를 부리는 사이, 키메라는 버둥거리더니 추욱 늘어졌다.

붉은 어금니가 경식에게 이죽거렸다.

[아무리 우리라.도 심장이 뚫리면. 죽는다. 회복속도보다 뿜어져 나오는 피가. 더 많기 때문이다.]

"그럼 저대로 두면 그냥 죽는다는 말이으어어어어어."

경식은 말을 하다 말고 주저앉았다.

긴장이 풀리자 온몸의 힘이 모두 풀려버린 것이다.

[영력을 너무 많이 사용했어. 어서 가서 쉬자.]

―그래, 시체는 뭐 저 뒤에 있는 사람들이 알아서 해 주겠지. 더 이상 힘도 없지 않은가?

　[남은. 동포들…… 데려간다.]

　그 말에, 경식이 당연하다는 듯 고개를 끄덕였다. 남은 트롤이라고 해봐야 5마리 남짓이었고 어차피 죽을 목숨이지만 약속은 분명히 지켜져야 하는 것이기 때문이다.

　"가자. 이제 저들을 뚫어야겠지?"

　[아마 경식이가 하는 걸 봤으니까 괜찮을 거야. 냄새 뿌리는 것도 잊지 말고.]

　[향. 취다!]

　향취는 무슨.

　경식은 그런 생각을 하며 후련한 표정을 지었다. 그러고는 제이크 뒤쪽에서 자신들을 보고 있던 경비들을 바라봤다.

　"그냥 갈 길 가려니까 비키시죠들?"

　하지만 200여 명의 경비병들은 그 말을 듣지 않았다. 그저 경식을 바라보기만 하고 있다.

　아니, 경식이 아닌 경식 뒤의 무언가를 바라보는 듯하다.

　갑자기 경식의 뒤에서부터 거대한 그림자가 생겼다.

　경식은 인상을 찌푸리며 뒤를 돌아봤다.

　키메라가 이를 악물며 손을 휘둘러 오고 있었다.

　파어아악!

경식의 몸이 옆으로 날아가 벽에 처박혔다.

콰쾅!

"끄윽!"

온몸의 뼈가 부서져나가는 느낌이 들었다. 물론 그것은 느낌뿐만이 아니라 실제로도 그의 뼈는 많이 부서졌을 것이다.

회복도 더디다.

경식 자체가 힘을 다 소진한 상태이니, 재생을 하는 것도 신기한 상태다.

엘바론이 있던 자리를 바라봤다.

그곳엔 아무도 없었다.

후앙. 후아앙.

위에서 간헐적으로 바람이 불어 왔다.

위를 올려 보자,

점막날개를 펴고 날아오른 엘바론이 태양을 등지고서 경식을 노려보고 있었다.

"뭐야. 미친 박쥐처럼 나네?"

"클클클. 아직도 죽지 않았나 보군. 네놈, 하프 트롤이라도 되는 것이냐?"

경식은 상황에는 맞지 않지만 도발했다.

"도망칠 셈이냐!"

"그럴 리가. 아주 싸그리 죽여 버릴 수가 있는데 말이야."

그리 말하며 숨을 크게 들이쉬는 것처럼 한껏 가슴을 부풀린다.

실지로 먼지바람 일색이던 공기가 엘바론의 사자 입으로 빨려 들어갔다.

그리고 내뱉어지는 순간 그것은 이미 숨결이 아니었다.

짙은 회색 수증기가 부채꼴 모양으로 방사되었다.

프아아아아아아아.

"……뭐지?"

일단 모두들 도망치고 보았다. 경식과 제이크 일행을 제외하곤 모두 도망을 쳤다. 하지만 그 몸부림은 정말 쓸데없는 것이었다.

사람의 발로 도망치기엔 엘바론이 분사한 회색 가스의 범위가 너무 넓었다.

모두가 그 가루에 노출되고 말았다.

털썩. 털썩털썩.

그것에 노출된 사람들은 달리던 몸이 둔해지더니 '어어' 소리를 내며 넘어졌다. 일어서려고 발버둥을 치다가 결국 딱딱하게 몸이 굳어간다.

마비독이었다.

"이, 이런."

경식 역시 그 가루에 노출되기는 마찬가지였다. 하지만 아직 붉은 어금니와 접신하고 있는 상태라서 어느 정도 저항을 할 수 있었다.

그리고 서서히. 하지만 확실하게 그의 몸은 둔해지고 있었다. 남들과 차이가 있다 뿐이지 곧 남들처럼 딱딱하게 몸이 굳어 눈만 끔뻑거리는 상황이 올 것이었다.

경식은 이를 악물며 뒤를 돌아봤다.

"제이……크으?"

"그, 근성으로. 버티는 중입니다."

"……"

제이크는 이를 악물며 버티는 중이었다. 품 안에 있는 루티에르 종에게 어떻게든 피해가 가지 않도록 손바닥 안에 넣고 포근하게 말아 쥐고 있었다(손바닥이 큰 제이크이기에 가능한 행동이다).

하지만 그의 근성이 어찌 되었건 간에 마비 독을 버티는 건 근성이 아니라 해독제일 것이다.

[경식아. 너, 너 어떻게 해?]

─나, 나도 왕년에 이런 일을 겪었는지는 찬찬히 생각을 해봐야 알 문제…….

저 노인네는 급박한 순간에도 왕년 타령을 하고 있었다. 아주 질리지도 않는다.

박쥐의 것 같은 날개를 펄럭이며 하늘에서 엘바론이 내려

왔다. 그의 입가에는 진득한 웃음이 걸려 있었다.

"빌어먹을. 나도 내 몸의 사용방법을 모르겠어, 이거."

"너이느므 스, 덴쟝."

이미 혀까지 마비가 되었나 보다. 아예 말 자체가 나오지 않았다. 그런 경식을 바라보며 빙글빙글 웃던 엘바론이 여유롭게 걸어오고 있었다.

이제 보니 걸어오는 엘바론의 크기가 20미터 정도에서 15미터 정도로 작아져 있었다.

기술을 사용할수록 축적해 놓은 피와 살이 소모되는 형식인 것 같았다.

경식은 이를 악물며 속으로 씨부렁댔다.

'아까는 심장이 뚫리면 죽는다며!'

[보, 보통. 동포들 그런. 다. 물론. 족장급. 동포들 중엔. 안 그런 경우. 종종 존재한다.]

'그걸 말했으면 확인사살처럼 목이라도 땄을 텐데!'

경식은 말하고 나서도 살짝 놀랬다. 현대시대를 살아가던 자신이 '목을 딴다'는 말을 아무렇지도 않게 내뱉고 있었던 것이다.

트롤의 투쟁본능과 전투감각이 남다르단 건 좋은 일인데, 앞으로 그것에 지배당하면 안 되겠다고 다시 한 번 생각하는 경식이었다.

'물론 이 상황을 벗어났을 때 가능한 이야기이지만.'

그런 생각을 하는 사이 엘바론의 꽁무니에 달려 있는 거대한 뱀이 경식의 몸을 감싸고 들어 올렸다.

경식은 아무런 말도 못한 채 가만히 있을 수밖에 없었다.

엘바론이 피식 웃으며 말을 이어나갔다.

"몸을 많이 썼더니 또다시 불완전해졌군. 역시 루티에르종이 필요해. 어디에 있는지. 마비돼서 말을 못하려나? 뭐 상관없다 주변 어딘가에 있을 테니까. 네놈부터 먹고, 빨리 그 녀석을 먹어서 완전체가 되겠다."

경식의 인상이 한껏 찌푸려졌다.

거참. 저 녀석 역시 한 시간쯤 전만 해도 인간이었을 텐데, 인간이니 뭐니 하며 생으로 먹으려고 드는 게 1시간 전 자신이 인간이었다는 사실을 까먹은 듯 행동하고 있지 않은가 말이다.

마음에 들지 않았다.

정말 마음에 들지 않는다.

'그러니까 나 마음에 안 드니까 저 새끼 입으로 들어가기 싫다고오오오!'

라고 외치고 싶었지만 그가 할 수 있는 것이라곤 눈을 부릅뜨는 것밖에 없었다.

점점 사자 주둥이가 가까워져 간다.

미치겠네!

아직 죽기 싫은데!

게다가 죽으면 죽었지, 저 빌어먹을 녀석의 배에 들어가서 충분한 단백질 공급원이 되기는 더더욱 싫은데!

그런 생각을 하고 있는 가운데, 붉은 어금니가 나지막이 말했다.

[태론이다. '테'가 아니라 '태'자를 쓴다.]

'지금 이 상황에 무슨 말을 하는 거야?'

[나의 영혼에 박힌 나의 이.름이 태론이라고 말을 하고 있.는 것이다.]

'……?'

본명이 붉은 어금니가 아니었어?

하긴. 그건 인간들이 멋대로 붙여 준 이름이겠지.

본명을 말해 주니, 기분이 나쁘지만은 않았다.

그러나 이런 상황에서 왜?

[내 이름을 받아들여라. 다시 말.하지만 나의 진명은…….]

태론이다.

두근!

경식의 눈이 부릅떠졌다.

그리고 일어날 수 없는 일이 일어났다.

Chapter 7
의문의 이인조

‘흠! 여기까지군.’

제이크는 자신의 몸 상태를 관조하며 피식 웃었다. 지금
그는 움직일 수 없는 상태였고, 눈앞에 있는 그의 주인은 이
상한 괴물에게 잡아먹히기 일보 직전이었다.

‘인내는 여기까지인가.’

물론 그는 움직일 수 없는 상태였다. 이미 저 괴물의 마비
독에 당했고 이 마비가 풀리려면 1시간은 족히 있어야 할 것
같은데, 그때까지 그의 주인이 버틸 수 있는 상황도 아니었
다.

‘내 근성 여기까지였던가.’

피식 웃던 제이크가 눈에 힘을 주었다.

근성으로 버티는 건 여기까지다.

봉인해 두었던 그의 몸을 한 단계 정도는 개화시켜야 될 것 같았다.

경식에게도 설명을 하겠지만, 에리오르슈 비전의 단련법에는 총 4단계의 신체형성단계가 존재한다.

그리고 제이크는 일부러 그의 신체를 1단계로 제약해 놓은 상태였다.

하지만 그것을 해제할 때가 온 것 같았다.

'앞으로. 골치 아파지겠군.'

그의 육체가 개방되면 그 기운이 떨어 울려, 과거에 맺어졌던 은원관계들이 그를 꼬리표처럼 따라다닐지도 모를 일이다.

아직 그럴 단계는 아닌 것 같은데, 어쩔 수 있나.

'어찌 되었건 이렇게 소란을 피우기도 했으니!'

봉인을 풀었을 때보다는 아니겠지만, 지금도 충분히 위험한 상황이었다.

그는 피식 웃으며 눈을 부릅떴다.

그의 온몸에 갈색의 아지랑이가 불타오르듯 피어올랐다.

이제 조금만 더 있으면.

있으면……?

'……웅?'

키메라가 쥐고 있던 주인님의 등 뒤에서 무언가가 생겨났다.

3미터에 이르는 거대한 상반신이었다.

반투명하긴 하지만, 그것은 분명 트롤의 상반신이었다.

그것도 엄청 큰 트롤의 상반신.

그리고 트롤 특유의 아래쪽 툭 튀어나온 상아어금니가 길었다.

그리고 그 색깔이 흰색이 아니었다.

붉은색!

'……붉은 어금니!'

반투명한 붉은 어금니의 상반신이 경식의 등 뒤에서 돋아났다!

등 뒤에서 돋아난 태론의 손이 마법처럼 움직였다.

스악.

큰 소리도 나지 않았다. 그저 스쳐 지나가듯 주변을 베었다.

하지만 그 결과 경식을 옥죄고 있던 뱀 꼬리가 10조각으로 흐드러졌다. 마치 무를 썰 듯, 포를 떠버리듯 말이다.

크아아앙!

토막 나서 흐드러졌으니 갖다 붙이지 않는 이상 회복은 불

가능했다. 자연치유력이 아무리 좋다 한들 잘린 부분이 꽃처럼 피어나진 않는 것이다.

놀란 엘바론이 한 발자국 물러나며 외쳤다.

"이, 이게 무슨!"

=아아, 진명을 알면 이런 것도 가능한 거였나?

지금 경식의 목소리는 약간 탁해져 있었다. 아니, 하늘에서 직접 들리는 목소리처럼 주변을 울렸다.

그리고 옆에서 태론이 이죽거렸다.

[진명을 허락한 건. 네가 처음이다. 그리고 마지.막이 되겠지.]

태론 역시, 반투명하긴 해도 형태를 가진 채 말을 하고 있었다.

제이크의 눈이 꿈틀거렸다.

[가주님도 마지막에서야 가능했던 일을!]

본디 영혼을 다루는 가문인 에리오르슈 가문에도 저러한 경지를 가진 이가 있었다.

바로 가주인 에리오르슈 라무였다.

본디 영혼을 다루게 되면 그 영혼을 몸에 입은 것처럼 구현화 할 수 있고, 더 나아가서는 투명도가 줄어들면서 거의 형체화 시켜 사용할 수 있는 구조다.

그러니 지금 눈앞의 저것은 에리오르슈 가문에서도 최상위에 위치한 가주만의 전유물이었다.

그런데 그것을 배운 지 얼마 되지도 않은 경식이 사용하다니?

물론 그 효용성이나 위력적인 면에서는 비교도 할 수 없을 만큼 약했지만, 우선 구색을 갖췄다는 것 자체에 주목해야 한다.

실로 대단한 재능이었다.

'역시, 주인님의 소울메이트는 주인님이라는 건가!'

그는 경식을 주인으로 섬기기로 한 자신의 결정이 신의 한 수라고 생각하며 흡족해했다.

'아직 봉인을 풀지 않아도 되겠군!'

제이크가 그런 생각을 하건 말건, 경식은 또다시 넘쳐나는 힘에 절로 미소가 지어지는 것을 느꼈다.

하지만 등 뒤에서 붉은 어금니. 태론이 그에게만 들릴 정도로 속삭였다.

[이 상태를 유지하는 것.이 그리 길지 않을.것이다. 그러니. 단번에. 승부를 봐야. 한다.]

그 말에 경식이 고개를 끄덕였다.

경식이 당황해하는 엘바론을 바라보며 자세를 낮췄다. 그러자 뒤에 있는 태론의 자세 역시 똑같이 낮춰졌다.

생각이 공유되면서 굳이 호흡을 맞출 필요가 없어진 것이다.

　=간다.

　[그래, 가지.]

　경식이 지그시 눈을 감았다.

　"무슨 개짓거리냐아아!"

　엘바론이 이를 악물며 경식에게로 달려갔다. 15미터의 거구는 여전히 거대했고, 아무리 태론의 상반신이 구현화 되었다 하더라도 3,4미터 안짝인지라 그리 위협이 되지 못했다.

　그렇게 엘바론의 앞발이 경식의 머리를 후려쳐 터뜨리려는 순간이었다.

　경식과 태론의 몸이 꺼지듯 사라졌다.

                    *   *   *

　경식은 뒤를 돌아봤다.

　그곳엔 엘바론이 뒤를 돈 채 손을 휘두르고 있었다.

　엄밀히 말하자면 경식이 엘바론의 머리부터 꽁무니까지 스쳐 지나간 것이었다.

　물론 그냥 지나치진 않았다.

　경식과 태론의 손톱에는 진득한 피가 묻어 있다.

　엘바론의 몸에 붉은 줄무늬가 그어지기 시작하더니 수십

개의 번개를 몸에 새긴 듯 기이한 상처가 나타났다.

그리고 벌어지며 피가 분수처럼 피어났다.

푸하아악!

비명도 지르지 못하고 얼어 있는 엘바론을 바라보며, 경식의 뒤에 후광처럼 자리한 태론이 이죽거렸다.

[나는. 채취를 다. 룰 줄 안다.]

채취.

그것은 언제나 그러하듯 트롤에게서 뿜어져 나오는 채취이다.

하지만 그 채취가 가는 방향을 조종하거나 응축할 수도 있다.

그것이 태론을 트롤이라는 종족 중 가장 강력한 객체로 만들어 준 큰 원동력이었다.

그리고 그 채취는 수증기이고, 자신이 내뿜었다는 것을 제외하면 자신이랑 아무런 관련이 없는 수증기이다.

그 수증기를 다룬다.

그렇다는 것은,

떠다니는 모든 수증기를 전부 컨트롤할 수 있다는 말도 된다.

그리고 태론은 그 기술을 이용하여 적을 상대하곤 했었다.

가령, 이렇게 자신이 장기간 뿌려놓은 채취와 녀석이 뿜어낸 마비독이 산재해 있을 경우는 더더욱 그러했다.

경식은 허공에 공이라도 있는 듯 양손으로 그것을 쥐었다.

그러자 놀라운 일이 일어났다.

주변에 뿌옇게 쌓여 있던 샛노란 채취들이 경식의 양손바닥 사이로 모여들기 시작했던 것이다.

물론 태론 역시 같은 자세를 취하고 있었기 때문에, 그곳에도 거대한 수증기의 군체가 형성되었다.

쉬이이이이이이익.

처음엔 샛노란 채취만이 모여들었는데, 그 다음엔 회색 수증기 역시 모여들었다.

회색과 노란색이 적절하게 어우러진 거대한 구체가 경식과 태론의 손아귀에서 형성되었다.

물론 그것을 가만히 보고만 있을 엘바론이 아니었다. 회를 뜨듯 난도질당한 그의 몸체가 어느새 정상으로 돌아온 것이다.

말이 필요 없다.

그는 다시금 숨을 크게 들이켰다.

다시 한 번 마비 가스를 뿜어낼 생각이었다.

경식은 자신이 모은 수증기의 구체를 위로 올려 보냈다. 그 위에는 태론이 만든, 더욱 거대한 수증기의 구체가 버티고 있었다.

두 구체가 합쳐지며 더욱 응축되었다.

결국 주먹 만한 크기의 묵빛 구체가 완성되었다.

경식이 구체를 던지는 것과 엘바론이 마비 가스를 뿜어내는 것은 거의 동시였다.

쓰아아앙!

방대하게 분사된 마비 가스 속을 묵빛 구체가 뚫고 들어갔다. 그러고는 그 마비 가스마저 빨아들이며 그 크기를 불려 나갔다.

결국 수박 만해진 구체가 엘바론의 사자 입 속으로 쏙 들어갔다.

꿀꺽!

뱃속에 들어간 응축된 수증기.

그것은 고체와도 같이 단단한 것이었다.

그것을 예전처럼 풀어놓는다면?

그 부피는 상상조차 할 수 없을 만큼 커진다.

그리고 그 부피가 누군가의 뱃속에서부터 커진다면 어떻게 될까?

풍선이 그러하듯 터져버리고 말 것이다.

[수고. 했다.]

"후우우우."

경식의 목소리가 원래대로 돌아왔다.

태론이 경식의 몸속으로 스며들 듯 들어가 버렸다.

털썩.

경식은 말 그대로 실신 일보직전까지 내몰린 채 쓰러졌다.

경식이 붉은 어금니의 힘을 이용해서 사용했던 '수증기 응축'이 한꺼번에 풀려버렸다.

엘바론의 눈이 부릅떠졌다.

"우으읍!"

엘바론의 몸이 순식간에 천 갈래 만 갈래로 터져 나갔다.

*　　　*　　　*

"으으으으."

[지지다, 지지야.]

경식은 온몸에 묻어 있는 살점들을 하나씩 떼어 내며 인상을 한껏 찌푸렸다. 공격을 할 땐 생각을 아예 못했는데, 풍선처럼 터진다는 것은 그 파편이 사방으로 튄다는 것이었다.

기분이 실로 더럽다.

게다가 피와 살로 뒤덮여진, 말 그대로 물 풍선. 아니, 피 풍선이었다.

그것의 파편을 가장 지근거리에서 얻어맞았으니 경식의 몰골이 말이 아니었다.

"갑시다!"

제이크가 자리를 털고 일어났다.

주변에 산재되어 있는 마비가스를 경식이 모두 흡수했던 덕분에 어느 정도 움직일 수 있는 몸이 된 것 같았다.

제이크는 묵묵히 경식을 안아 들었다.

경식은 떨어지지 않는 입을 억지로 열어 말했다.

"으으…… 안 됩니다. 아직…… 가는 건 안 돼요. 트롤들이…….."

경식이 그런 말을 하며 주변을 둘러봤다. 혹시 살아 있는 트롤들이 있나 싶어서였다.

하지만 이곳에 살아 있는 트롤은 단 한 마리도 없었다.

모두 먹혔으며, 마비 독을 이기지 못하고 죽었다.

재생력이 강한 트롤치곤 참으로 허무한 죽음이다.

경식은 이를 악물며 잠들어 있는 붉은 어금니. 붉은 어금니에게 말했다.

"이봐. 깨어 있지?"

[…….]

붉은 어금니는 아무 말도 하지 않았다. 감각으로 그가 깨어 있다는 걸 알았지만, 경식은 차마 억지로 몰아붙이지 못했다.

"결국 약속 못 지켰네."

[네 탓. 아니다.]

"그렇게…… 생각해 주면 고맙고."

경식은 그 말을 한 후 추욱 늘어졌다. 아니, 늘어지기 전에 제이크에게 부탁했다.

"수잔나는…… 잘 있나요?"

그 말에 제이크가 씨익 웃으며 고개를 끄덕였다. 그러고는 자신의 품 안에 곤히 잠들어 있는 수잔나를 가리켰다.

"철저히 지킨 덕이지요."

"다행이네요. 그럼 이제 보르도 아저씨가 있는 곳으로 가죠."

서둘러야 하지만 제이크는 경식에게 보채지 않았다. 경식이 무얼 하려는지 잘 알고 있었기 때문이다.

더군다나 주변엔 모두 마비 가스를 들이마신 채 눈만 끔벅이고 있는 상태였다. 죽은 이들이 반수 이상이겠지만, 아직 살아 있는 이들도 더러 있었다.

제이크는 뒤를 돌아 추욱 늘어져 있는 두 기사를 바라보며 씨익 웃었다.

"근성 있군. 살아 있어."

두 기사. 리베르터와 드억스는 경식 일행을 찢어 죽여라 노려보고 있었다. 무슨 말이라도 하고 싶은 모양인데, 눈꺼풀조차 움직이지 못하는 상황이라 아쉽지만 그 말은 못 들을 것 같았다.

"살아 있으면 또 보겠지!"

제이크는 소울이터를 휘둘러 로열티를 소환했다. 그러곤 경식을 태운 채 빠르게 보르도가 있는 애견샵으로 향했다.

보르도는 이 엄청난 소란이 일어났음에도 불구하고 가게를 지키고 있었다. 연금술사 길드에 잠입한 것이 경식 일행이고, 분명 그 일행들과 관련된 일이기 때문에 궁금해도 나서지 않고 꾹 참은 것이다.

제이크의 거구가 애견샵에 들어오며 햇빛을 막아 주변이 어두워졌다.

하지만 보르도의 얼굴은 환하기 그지없었다.

경식이 끊어질 듯한 숨을 내쉬며 제이크에게 내려달라는 시늉을 했고, 제이크는 안고 있던 경식을 내려 주었다.

경식은 들고 있던 수잔나를 보르도에게 건넸다.

보르도의 눈망울이 촉촉해졌다.

"감사합니다. 정말…… 정말 감사합니다."

보르도가 수잔나를 쓰다듬었다. 그 익숙한 손길에 수잔나가 정신을 차렸다.

그러고는 보르도의 손을 핥는다.

뭉클.

경식은 가슴이 따스해지는 것을 느끼며 구미호를 바라봤

다.

'펑키는. 지금 이 근처에 있어?'

펑키는 구미호에게만 보인다. 구미호가 경식에게 도움을 주지 않는 이상 펑키를 볼 수 없는 것이다.

구미호가 주변을 둘러보더니 다행이라는 듯 고개를 끄덕였다.

[응. 얌마! 어서 들어가 봐!]

끼이이잉.

펑키의 영혼은 보르도와 줄곧 같이 있었나 보다.

펑키가 자신의 추욱 늘어져 있는 몸체로 쏙 들어갔다.

곧 수잔나가 일어나더니 펑키에게로 다가갔다.

일전. 붉은 어금니가 빙의했던 수잔나는 펑키를 먹잇감으로 생각했었다.

하지만 지금은 입을 벌려 자신의 자식인 펑키를 핥는가 싶더니 배를 드러내고 벌렁 누웠다.

펑키가 다가가 그런 수잔나의 젖을 물었다.

아름다운 광경이다.

—크흑. 왕년에도 느껴 보지 못했던 모정을 죽어서 느끼게 되는구면. 자네를 따라 나서기를 잘 한 것 같으이.

"으음. 이번만은 딴지걸지 않고 받아 주죠."

경식이 빙긋 웃었다.

그런 경식의 볼을 구미호가 꼬리로 쓰다듬어 주었다.

의외로 풍성해서 고개를 돌리자, 구미호의 꼬리가 이상했다.

개수가 두 개였다.

붉은 어금니의 영혼을 여우구슬에 가둠으로써 꼬리 하나가 더 생겨난 것이다.

[수고했어, 경식아.]

경식이 피식 웃으며 고개를 끄덕였다.

"아아, 정말 힘들었어."

일단 수잔나와 펑키가 산 것까지 보았으니, 이 자리를 떠야 할 것 같았다.

*　　　　*　　　　*

경식 일행이 떠난 연금술사 길드 지부는 한산하기 그지없었다.

하지만 한산한 공기와는 달리 주변은 온통 쓰러진 사람들로 넘쳐났다.

그 중엔 시체도 있었고, 시체가 아니지만 곧 시체가 될 이들도 있었다.

모두 마비 가스에 호되게 당한 사람들이었다.

그들은 숨조차 제대로 쉬지 못한 채 간헐적으로 헐떡이고
만 있었다.

그리고 그런 가운데에 멀쩡한 실루엣 두 개가 휘적휘적 걸
어오는 것이 보였다.

한 실루엣은 보통 남자였으며, 또 다른 실루엣은 키가 2미
터가 넘어가는 장신이었다.

그들은 조금 전 떠난 경식 일행일 거라고 생각했다. 그러
고는 은근히 자신들을 구해 줄 거라는 생각에 기대감을 품었
다.

하지만 그들의 생각은 잘못된 것이었다.

실루엣이 드러나자, 전혀 처음 보는 두 사람의 모습이 드
러났다.

상대적으로 키가 작은 사내가 주변을 둘러보다가 인상을
찌푸렸다.

"이곳이 확실하지?"

그 말에, 호리호리한 체형에 키가 큰 남자가 고개를 숙여
보이며 말했다.

"확실합니다. 이곳입니다."

청년의 인상이 찌푸려졌다.

"그렇게 건성으로 대답하지 말고 제대로 한 번 더 확인해."

고압적인 말투에, 중년인은 아무런 불만 없이 품 안에서

무언가를 꺼내었다.

그것은 얇은 유리판이었는데, 딱 중간 지점에서 붉은 색으로 반짝거리고 있었다.

자신들이 서 있는 곳이 목적지가 확실하다는 증거였다.

"확실합니다."

"흐음……."

"느껴지시는 게 없으십니까?"

중년인의 말에 청년이 고개를 갸웃했다.

"조금 전까지만 해도 강하게 느껴졌어. 그래서 내가 속도를 높이자고 했지. 기억나나?"

"기억납니다."

"그런데 이곳에 오기 직전에 그 기운이 멀어지는가싶더니 완전히 사라져버렸어. 그리고 눈앞의 이 지루한 광경이 펼쳐지고 있지."

수백 명의 사람들이 시체가 되어 가는 과정을 '지루하다'고 표현한 청년이 심드렁하게 중년인을 올려다봤다.

중년인은 여전히 무표정했다.

"그렇지요."

"그렇다는 건 네가 잘못 찾은 거겠지?"

"그럴지도 모르겠습니다."

쩌엉!

청년의 주먹이 중년인의 복부로 날아갔다.

중년인은 검을 살짝 뽑아 옆면으로 그것을 막았다.

주먹은 빨랐고, 중년인의 대처는 더욱 빨랐다.

청년이 이죽거렸다.

"언젠가는 네놈을 패 죽인다."

"제가 원하는 바입니다."

"흥. 어쨌든…… 짜증이 솟구치는군."

신경질적으로 내뱉은 청년의 몸이 추욱 늘어졌다. 뭔가 의욕이 안 생긴다는 듯한 몸짓이었다.

문득 그가 중얼거렸다.

"이유가 뭘까. 너도 이상하다고 생각하지?"

"그렇습니다."

"내 생각엔 말이야. 나랑 비슷한 일을 하려는 놈이 나 말고 또 있는 것 같아."

"저도 그렇게 생각합니다."

"그리고 나보다 빨라. 그렇지?"

"운이 안 좋았을 뿐입니다."

"큭! 운이라."

생각해 보면 웃긴 일이었다.

그가 찾는 것은 물질이 아니라, 영혼이다.

거대하고 강력한 영혼.

그 영혼을 찾기 위해 이 먼 길을 찾아왔다.

그런데 딱 직전에 그 영혼이 사라졌다.

흔적조차 없이 말이다.

그리고 주변엔 이렇게 지루한 풍경만이 널브러져 있다.

지루한 풍경이 널브러져 있다는 건, 지루한 작업을 했다는 것.

지루한 것.

그에게 언제나 익숙한 것.

그렇다.

이곳에선 시시껄렁한 살육전이 벌어진 것이 분명했다.

"놈을 가져간 증거겠지."

빠드득.

이가 갈렸다.

지금껏 누구에게 자신의 것을 가로채인 적은 단 한 번도 없었는데, 지금 그것으로 인한 굴욕을 당하고 있었다.

쾅! 쾅! 쩌엉!

"왜 그러십니까."

세 번의 공격을 모두 막아 낸 중년인이 무표정하게 물어봤다.

"열 받잖아!"

쾅! 쩌엉!

중년인은 아무렇지도 않게 청년의 공격을 막았고, 청년 역시 막힐 걸 알면서도 거세게 주먹을 휘둘러 댔다.

결국 제풀에 지친 청년이 이를 악물었다.

"다음 행선지."

"이곳에서 멀지 않습니다."

"이번엔 뭔데?"

"오우거입니다."

"왜 다 몬스터들밖에 없어?"

그 말에, 중년인이 청년의 가슴을 가리켰다.

청년의 가슴 정 중앙.

청년이 이를 씩 드러내며 입고 있던 셔츠의 가슴 깨를 팍 늘렸다.

투둑. 툭.

단추 세 개가 떨어지며 호리호리하지만 다부진 체형이 드러났다. 그리고 그 새하얀 피부를 뒤덮는 상처까지도 말이다.

그의 가슴 정 중앙엔 묵 빛의 구슬이 박혀 있었다.

바로 사령의 보옥이었다.

"이것이. 뭐 어쨌다고?"

"그곳에 갇혔던 녀석들에게도 단계가 있습니다. 더 상위의 영혼에게 갈 수도 있겠지만, 제압한다 한들 받아들이지 못하십니다."

"네가 그걸 어떻게 알아?"

"본국에서 제공한 정보니까 신뢰할 만합니다. 폐하께서 직접 인장을 찍으셨습니다."

"……흐음. 아버지께서 직접? 그럼 뭐 맞겠지. 그리고 원래 들어 있던 놈들로만 채워야 하는 것도 아니지 않나?"

"그렇긴 합니다만 이미 보옥에 갇혀 있던 것들과는 달리 말을 듣지 않을 겁니다. 더군다나 사령의 보옥에 들어가기에 합당하려면 강력해야 할 텐데, 그만큼 강력한 녀석들도 많지는 않겠지요. 그러니 매뉴얼대로 영혼을 흡수하는 것이 낫습니다."

"그런데 이미 어긋났잖아?"

그 말에, 중년인이 씩 웃었다.

"언젠간 먼저 다녀간 녀석을 만나겠지요."

"그렇군. 폐기처분하고 흡수하면 그만이려나. 어서 그 녀석을 만났으면 좋겠네."

"곧 만나게 될 겁니다."

"그래. 나도 그런 기분이 드는군. 아 그런데 하나만 더 물어보자."

"얼마든지요."

"그 영혼이란 거, 그릇이 커져야만 흡수할 수 있는 것들이 있다고 했잖아?"

"그렇습니다."

"그럼 그릇 크기 늘려서 힘들게 흡수한 녀석이니까 더 센 거지?"

그 말에 중년인이 고개를 저었다.

"꼭 그렇지만도 않습니다. 좀 더 다차원적인 능력이 있다는 것뿐, 살아생전의 그들이 맞붙는다면 누가 이길지 장담하기 어렵습니다."

"그런 거야? 그럼 내 안에 있는 이 녀석도 강한 녀석이려나?"

그리 말하며 청년이 손을 들어 보였다.

화아악!

손에 채워져 있는 반투명한 팔찌가 하얀 빛을 내뿜었다. 그리고.

ㅊㅊㅊㅊㅊㅊ.

그의 하얀 손이 더욱 새하얗게 변하더니, 검은 손톱이 돋아났다.

스ㅇㅇㅇ.

주변의 공기가 수증기로 변하더니 고드름이 되어 바닥으로 툭툭 떨어졌다.

상당한 한기가 어려 있었다.

청년의 얼굴에 사악함이 묻어났다.

"이걸로 너를 공격하면 너는 죽냐?"

"막습니다."

"거짓말."

"해 보시지요."

고민하던 청년이 고개를 회회 저었다.

"막겠지, 보나 마나."

"그렇습니다."

"슬슬 가자. 지루하다. 다음 표적이 뭐라고?"

"오우거입니다."

"내가 이길 확률은?"

그 말에, 중년인이 즉각 대답했다.

"십 중 이삼입니다."

"뭐야 그렇게 적어? 그럼 네가 나설 때의 확률은?"

"십 중 십."

"지랄하네."

말은 그렇게 했지만, 중년인이 나선다면 분명 그렇게 될 것
이다.

"그럼 네가 도와줄 확률은?"

"십 중 일도 안 되겠지요."

"빌어먹을. 쉽게 쉽게 좀 가면 안 되냐?"

"황명입니다."

"허이구 그러시겠지."

이죽거리던 청년이 어깨를 으쓱이던 차였다.

갑자기 주변에 널려 있던 고기조각들이 꿈틀거리더니 한 곳으로 모이기 시작했다.

크르르. 크르르르르르.

"뭔가 기분 나쁜 소리가 나는데? 저건 무슨 현상이냐?"

"살점이 모이는 현상입니다."

"……그거 농담이냐?"

둘이 그런 시시껄렁한 말을 하고 있는 와중에도 살점들은 모여서 어떠한 형상을 이루려 하고 있었다.

그 모양을 보면서, 청년이 고개를 갸웃거렸다.

"저거 사자냐?"

"닭입니다."

"박쥐 같은데?"

"뱀이기도 하군요."

완성된 것은 사자의 머리에 닭의 다리, 그리고 사자의 뒷 다리를 가진 채 박쥐의 날개가 있는 녀석이었다.

심지어 꽁무니에는 뱀이 도사리고 있다.

"저거 키메라 맞지?"

"그런 듯합니다."

"잘 만들었네. 이 시시껄렁한 나라에도 이런 녀석이 존재하냐? 재생력은 또 뭐야?"

"아마 형체를 이룬 것뿐일 겁니다. 곧 시간이 지나면 사라지겠지요."

크기는 2미터 정도.

바로 엘바론이었다.

일전에 40미터의 크기를 자랑하던 것에 비하면, 귀여운 수준으로 몸집이 작아져 있었다.

이마 쪽 반들반들한 부분.

그곳에 얼굴의 형상이 주름지더니 엘바론이 깨어났다.

"크으으으. 빌어먹을 꼬마 녀석. 죽인다. 죽여버리겠다아아아!"

"말도 하는데? 이건 말하는 현상이냐?"

"똑똑하십니다."

"꼬마가 어쩌고 하는데?"

"저는 아닐 겁니다."

"그럼 나라는 거냐?"

"십 중 십."

"까고 있네."

그렇게 말하면서도 청년은 재미있다는 듯 그 키메라를 바라봤다. 자신의 나라에서는 키메라니 뭐니 해서 전투형으로 만드는 것을 많이 보아왔다.

그런데 저렇게 완성도 높은 키메라는 처음 본다.

심지어 말까지 하다니?

답은 하나밖에 없다.

"인체연성이군요."

"큭큭! 여기 우리 말고도 미친놈이 하나 더 있었네."

"네놈들은 무엇이냐!"

엘바론의 말에 그들은 대답하지 않고 자신들의 할 말만 주고받았다.

"저거, 흡수할 수 있나?"

"해 봐야 압니다."

"그럼 해봐야지?"

청년이 씩 웃으며 양손을 펼쳤다.

그러자 가슴에 박혀 있는 사령의 보옥이 빛을 내뿜으며 무언가를 토해 냈다.

23마리의 망령들이었다.

"후우!"

그의 반투명한 팔찌에서 또다시 빛이 뿜어졌다.

그러자, 망령들이 얼기 시작했다.

쩌적. 쩌저저적.

ㅇㅇㅇㅇ.

ㅇㅇㅇㅇㅇㅇㅇ!

망령들이 추위에 떨며 이를 악문다.

청년이 망령 하나의 등을 신경질적으로 걷어찼다.

"뭐 하고 있어, 새끼들아! 니들 또 뒈지고 싶냐? 큭큭!"

으으으으!

그들은 증오의 눈길을 청년에게 보내면서도 시간에 쫓기기라도 하듯 엘바론에게로 달려들었다.

물론 엘바론은 팔을 들어 그것들을 쳐부쉈다.

째앵!

쩽쩽앵!

앞발을 휘두를 때마다 망령들이 터져 나갔다.

헌데, 터져 나갈수록 엘바론의 몸에는 얼음이 덧씌워졌다.

망령들이 얼음을 엘바론에게 입힌 꼴이 된 것이다.

팡! 팡팡팡팡! 팡팡!

23개의 망령이 엘바론을 덮치자, 엘바론의 몸이 반쯤은 얼어버렸다.

"무, 무엇. 네놈……."

"뭘 그리 말을 하려고 해? 내가 누군지도 모르면서. 게다가 내가 가르쳐 주지도 않을 건데. 야, 입 막아버려."

그러자 남은 한 마리의 망령이 키메라의 입으로 다가가 처박혔다.

파앙!

입이 얼었다.

"덩치가 조금만 더 컸으면 짜증 날 뻔했네."

청년은 피식 웃으며 오른손을 꽉 말아 쥐었다.

그러자 묵 빛 팔찌가 찬란한 빛을 토해내며, 그의 손이 새하얗게 변하고 손톱이 길게 자라났다.

뿐만이 아니었다. 더욱 힘을 가하자 그 손이 두툼하게 커지더니 철사 같은 털이 자라난다.

그런 후 엘바론에게로 저벅저벅 다가간다.

"죽을 만큼 아프겠지만, 어차피 끝에는 죽을 거니까 신경쓰지 마."

그의 손이 엘바론의 심장에 박혔다.

푹.

"……!"

엘바론의 눈이 부릅떠졌다.

하지만 그 눈동자마저 얼어버린다.

흰자가 하늘색으로 변할 만큼 꽁꽁 얼었다.

그리고 완전히 얼어버린 엘바론의 몸이 조각조각 무너져내렸다.

"으음. 파편을 맞추고픈 충동마저 드는군? 아주 보기 좋게 깨졌어."

"흡수하셔야 합니다."

"안다, 알아."

청년이 손을 쫙 펼쳤다.

그러자 주변에 산재해 있던 망령들이 사령의 보옥 안으로 빨려 들어갔다.

어떤 망령은 순순히 빨려 들어갔지만, 어떤 망령은 도망치려고 발버둥을 치다가 끝끝내 마지막에 빨려 들어갔다.

이제는 엘바론 차례였다.

추아아악!

사령의 보옥에서 묵 빛의 손이 빠져나와 쭈욱 늘어지더니 엘바론의 시체조각 무더기를 한껏 쥐었다.

그리고 당긴다.

쑤우우욱!

그러자 반투명한 엘바론의 영혼이 사령의 보옥 안으로 들어간다.

영혼화 된 엘바론이다.

[으아아아! 으아악! 이 빌어먹을 세상아! 나! 나의 증명을! 내가 있음을 증명하고 싶었을 뿐인데!]

"걱정 마 그거 내가 증명해 줄 테니까."

쑤우욱.

심드렁하게 말한 청년이 엘바론을 모두 흡수한 후 돌아섰다.

그러고는 그 맛을 음미하듯 눈을 감고 있다가, 문득 눈을 부릅떴다.

츠츠츠츠.

그의 하얀 피부가 벗겨지며 뱀의 비늘이 돋아났다.

"이거 꽤 아픈데?"

"몸으로 구현하고 계시니 당연합니다."

그 말에 청년이 이죽거렸다.

"뭐, 어쩔 수 없지. 아류니까."

"원본을 뛰어넘는 아류지요."

"뭐 그렇다니 그런 거겠지. 우선 그럼 저 녀석들은 어떻게 할래? 나 알다시피 지금 힘 많이 써서 힘들다."

"제가 처리하겠습니다."

스아아악.

중년인의 검이 처음으로 완전하게 뽑혔다.

그 소리는 마치 귀곡성과도 같아서, 눈을 부릅뜨고 보고 있던 수백 명이 흠칫 몸을 떨 정도였다.

그리고 그때였다.

"스, 스⋯⋯스승님?"

"⋯⋯?"

"스승님! 스승님이십니까!"

다급한 목소리가 들려 왔다.

꽤나 익숙한 목소리였다.

중년인은 무표정하게 소리가 난 곳을 바라봤다.

그곳엔 두 명의 기사가 쓰러진 채로 숨을 헐떡이고 있었
다.

리베르터와 드억스였다.

중년인과 둘의 눈이 마주쳤다.

리베르터의 눈동자에 눈물이 가득 고였다.

틀림없다.

10년 전 속세를 떠난 그의 스승.

붉은 제비라 칭송받던 테카르탄이 바로 눈앞에 있었다.

"스승님!"

"……."

"스, 스승님? 스승님이십니까!"

드억스까지 기쁨에 찬 목소리였다.

하지만 정작 스승이라는 중년인. 테카르탄은 무표정한 눈
으로 두 기사를 바라볼 뿐이다.

그는 10년 만에 만난 것치곤 절망적일 정도로 무신경한 높
낮이의 목소리로 말했다.

"네놈들을 이리 만든 게 누구더냐."

"저, 저 괴물……."

"제이크입니다."

"대답이 둘 다 다르군. 아니, 둘 다일 수도 있겠지."

그 어떤 것에도 감정을 드러내지 않던 그가, '제이크'라는 말을 듣고는 눈썹이 꿈틀거렸다.

"흘. 그가 왔더냐. 대충 상황이 짐작이 되는구나."

"뭐야. 서로 아는 사이냐?"

청년이 심드렁하게 묻자, 테카르탄은 묵묵히 고개를 끄덕였다.

"과거 제 제자들입니다."

"뒤지기 일보 직전인데?"

"그렇습니다."

"죽여서 흡수할 가치가 있냐?"

그 말에 테카르탄이 무표정으로 일관했다.

"쓰레기들입니다."

"……!"

"……?"

리베르터가 눈을 부릅떴고, 드억스가 믿지 못하겠다는 듯 테카르탄을 보았다.

"스, 스승님이 어떻게!"

"그런…… 말을……!"

둘이 놀라 하건 눈물을 흩뿌리건 말건, 청년은 무료한 눈빛으로 귀를 후볐다.

"어떻게 할 거야? 뭐 네 제자들이라면 내가 특별히 살려줄게. 나도 그리 매정한 놈은 아니라고."

말은 그렇게 했지만 표정은 비아냥거리는 것 이상도, 이하도 아니었다.

눈앞의 청년은, 모두를 죽일 것이다.

또한 테카르탄 역시 그런 자신의 생각에 아무런 이견도 없음을 이미 알고 있었다.

"과거의, 제자들이라 말했습니다."

테카르탄이 검을 들었다.

후아아앙!

그의 얇고 긴 검에서 검신을 덧씌울 만큼 거대한 암흑이 뿜어져 나왔다.

"……스승님?"

"그 부정한 기운은 혹시……!"

스악.

툭. 툭.

10년 전. 열과 성의를 다해 키우던 애제자들의 머리가 나뒹굴었다.

그것을 보면서도 테카르탄은 여전히 무표정했다.

청년이 심드렁하게 말했다.

"다 죽이는 데 얼마나 걸릴 것 같아?"

"도시 전체를 말입니까. 이 일대를 말입니까."

청년이 재미있다는 듯 말했다.

"둘 다 말해 봐."

"확실하게. 아니면 근사치로 말입니까."

"그것도 둘 다 말해 봐."

"이 도시 전체의 인간을 확실하게 죽이려면 일주일. 근사치로 죽인다면 이틀이 걸립니다."

"그럼 이 일대는?"

"확실하게 한 시간. 근사치로는 15분이면 충분하겠지요."

"갈 길이 멀지? 확실하게 죽여 버려. 잠이나 한 숨 자야겠네."

청년은 아무렇지도 않게 피 묻은 바닥에 벌렁 드러누워 눈을 감았다.

여기저기서 비명 소리가 들려 왔다.

"낄낄낄낄."

잠이 더 잘 오는 것 같았다.

Chapter 8

사령의 보구를 찾아서

"아아, 너 되게 오랜만에 보는 것 같아."

"그런가? 후후, 후후후훗."

경식의 말에 에리카는 웃기만 했다. 그 웃음이 왠지 기분 좋은 웃음이여서, 경식의 입가 역시 해맑게 변하긴 했다.

"그런데 뭐가 그리 좋아서 웃어?"

"네가 강해져서 웃는 게다."

"느낄 수 있어?"

"당연히 느낄 수 있지. 나는 너고, 너는 나이니라. 이제 너는 가문의 보구를 찾을 수 있는 힘이 생겼다."

"……가문의 보구라니? 그런 것도 있었어?"

경식의 말에, 에리카가 싱긋 웃으며 고개를 끄덕였다.

"에리오르슈 가문은 엄청난 치세를 했었다. 그런 에리오르슈 가문이 망했다 한들, 그 잔류 세력이 아예 없다고 생각한 건 아니겠지? 아니 그러느냐?"

"그, 그렇지?"

부자는 망해도 삼 대는 간다는 말이 있듯, 국가 급의 무력을 갖췄던 가문, 에리오르슈 역시 망하긴 했지만 그 세력이 남아 있다는 말이었다.

"그런데 보구라면, 사령의 보옥을 말하는 거야? 그거 나 필요 없는데?"

그 말에, 에리오르슈가 쓴웃음을 지었다.

"말 했잖느냐. 잔존세력이 많이 있다고 말이다. 하지만 처음부터 그걸 말할 순 없었느니라. 어차피 너에게는 자격이 없기도 했고 말이다."

에리오르슈 가문에 전해져 내려오는 보구는 네 개라고 한다.

사령의 검.

사령의 팔찌.

사령의 갑옷.

그리고 사령의 보옥이다.

"사실 우리 가문이 망했을 때의 시스템은, 집사가 잘 알지

나는 잘 알지 못한다. 하지만 집사가 있는 곳을 가르쳐 줄 순 있지. 만약 가문이 망했을 때, 그가 기거하는 곳은 정해져 있거든.. 그리고 집사가 보구 한 두개 정도는 챙겨서 도망갔을 게다."

역시. 뭔가 있던 모양이었다.

경식은 장난스레 비아냥거렸다.

"처음부터 가르쳐 주면 좋았잖아?"

"조금 전에도 말하지 않았느냐? 찾아갈 방법도 모르는데 가르쳐 줘보아야 소용이 없지. 안 그러느냐?"

"그럼 지금은 가능하단 거지?"

"그래. 내가 집사가 띠고 있는 영혼의 특성을 너에게 전해 줄 것이니 이리 오거라."

그 말에 경식이 흠칫 떨었다.

"혹시. 또 내 머리에 직접 집어넣게?"

"내 경험이니 어쩔 수 없지 않느냐? 사과파이의 냄새를 말로 설명해 준다고 빵집에서 사과파이를 찾을 수 있겠느냐?"

"그, 그럴 수 있을 것 같은데?"

"잔말 말고 오거랏!"

"으어어어!"

경식은 뇌를 쪼개서 그대로 지식을 들이붓는 듯한 기분 나쁜 감각을 다시 한 번 느껴야만 했다.

하지만 덕분에 확실히 그 집사라는 사람이 띠고 있는 영혼의 성격을 느낄 수 있었다.

"아마 네 능력이라면 어느 방향에 있는지는 대충 알 수 있을 것이다. 게다가 네가 있는 곳에서 그리 멀지도 않을 게야. 그곳은 마도국에서 가장 먼, 북쪽 숲일 테니 그가 숨어 있는 곳과 가까울 게다."

에리카는 만족스럽다는 듯 웃으며 그리 말했다.

뭔가 깔보는 듯한 그 모습에, 경식은 머리를 긁적이며 이죽거렸다.

"고놈의 상궁 말투는 어떻게 할 수 없어? 들을 때마다 나이 들어 보이거든."

동갑인데 나이 들어 보인다. 그리고 하는 짓도 어린데 말투가 '뭬야?' 라던가 '그러느냐' 혹은 '저러느냐' 하니까 그 괴리감이 상당한 것이다.

그 말에, 에리카가 약간 얼굴을 붉혔다.

"사, 살아 온 환경이 이런 걸 어쩌겠느냐. 그냥 받아들이어라. 그리고 나이 들어 보이는 게 아니라 권위로워 보이는 게야! 꼭 좋은 날에 그런 말을 해야겠느냐?"

"좋은 날?"

"그렇다. 네가 첫 번째로 영혼을 획득한 날이지 않느냐. 충분히 좋은 날이지."

"첫 번째?"

경식은 고개를 갸웃거릴 수밖에 없었다.

"첫 번째는 아닌 것 같은데? 알다시피 오크 녀석이 내가 접신한 첫 번째 녀석이라고?"

그 말에, 에리카가 쯧쯧 혀를 찼다.

"그건 그냥 대용품일 뿐이니라. 사령의 보옥에 원래 갇혀 있던 것이 진짜다."

에리카의 말인즉슨 이러했다.

경식은 처음. 오크 신을 받아들여 접신하여 위기를 모면할 수 있었다.

그리고 그 다음은 트롤 신. 붉은 어금니를 받아들여 더욱 더 강력한 상대를 죽일 수가 있었다.

하지만 두 영혼에 대해선 차이점이 있다.

"그것은 바로 충성도라는 것이니라."

"충성도?"

"그래! 충성도!"

그녀의 말에 의하면, 얼마나 더 고분고분 말을 따르느냐를 충성도라는 말로 표현한다.

"하는 말에 꼬박꼬박 잘 알아듣는 녀석이 있는가 하면, 네가 받아들인 이상한 녀석. 그래, 그 오크 녀석은 너를 얼마나 위험에 빠뜨렸었느냐? 그걸 잘 생각해 보거라."

생각해 보면 오크가 말을 듣지 않는 건 사실이었다.

붉은 어금니. 붉은 어금니가 수잔나에게 빙의했을 때 경식을 공격한 적이 있었다. 그때 경식은 오크 신을 받아들여 대항했었는데, 그 과정에서 업무협조(?)가 원활하지 않았고 심지어는 전투 도중에 자기 멋대로 힘을 회수하거나, 경식의 몸을 장악하기도 했다.

그렇게 생각해 보니 참으로 야생마 같은 놈이지 않은가 말이다.

"그래, 반면 붉은 어금니는 어땠느냐?"

붉은 어금니는 그에게 접신하기 전까지는 상당히 까다로운 적이었다. 하지만 지조가 있었고, 머리도 나쁘지 않아 경식이 하는 의도를 잘 꿰뚫어 보고 행동하는 현명한 모습을 보여주었다.

게다가 접신을 한 이후엔, 자신이 할 수 있는 만큼의 힘을 아낌없이 빌려주었다.

물론 경식과 붉은 어금니의 목적이 같은 탓도 있었지만, 자신의 진명까지 말해 주며 경식에게 헌신적으로 대했다.

나중에 안 사실이지만, 붉은 어금니 정도의 거대한 영혼이 자신의 진명을 가르쳐 준다는 것은 거의 경식에게 자신의 모든 것을 맡기겠다는 의미였다고 한다.

이름을 안 이상, 붉은 어금니는 이제 싫어도 경식을 벗어날 수가 없는 것이다.

그러니, 아직 진명도 모르는 오크 신과 붉은 어금니를 비교하자면, 당연히 붉은 어금니가 훨씬 사용하기도 편하고 효율도 좋다고 할 수 있었다.

그리고 에리카는 그것이 사령의 보옥에 원래부터 갇혀 있던 영혼과 그렇지 않은 영혼의 차이라고 말하고 있었다.

"붉은 어금니는 유용하게 쓰이는 패이니라. 하지만 그 오크 녀석은 버리는 패지."

그 말에도 일리가 있었다.

더군다나 오크 녀석과 붉은 어금니의 사이는 물과 기름과도 같다. 정말이지 상성이 좋지를 않다.

에리카가 가르치듯 득의양양한 웃음을 지으며 말을 이었다.

"그러니 언제든 사령의 보옥에 들어 있던 영혼들을 얻게 된다면 버리도록 하여라."

그 말에, 경식의 눈썹이 꿈틀거렸다.

"버리라고?"

"그래, 버리는 거다. 이용하고, 버리는 게지."

아무렇지도 않게 버린다고 말한다.

"버리면 어떻게 되는데?"

"버림받게 되지."

"버림받으면 어떻게 되는데?"

"아마 구천을 떠돌다가 서서히 소멸할 것이다. 알다시피 몬스터의 영혼들 중에는 구제받지 못하는 녀석들이 더러 있다. 그게 다 신을 믿지 않기 때문이지. 그런 지능이 있는 것도 아니고. 알기로 오크는 신을 숭상하지 않고 힘을 숭상하는 종족. 그들을 거둬줄 신 따위 없으니 천국도, 지옥도 갈 수 없느니라. 그저 대 자연에 스며들 듯 소멸하겠지."

결국 죽는다는 이야기였다.

경식의 얼굴이 딱딱하게 굳었다.

"그런 말을 함부로 한다, 너?"

에리카는 오히려 어이가 없었다.

"너는 지금 사용하는 패를 버리는 게다. 카드 게임에서 버리는 패를 쥐고 있으면 그 게임은 이길 수 없다."

"지금 내가 게임을 하고 있나?"

더욱 굳어진 경식의 얼굴에 에리카는 당황스러웠다.

"마, 말이 그렇다는 것이지. 어째서 그런 표정을 짓느냐? 네 녀석. 혹시 그 영혼들에게 정을 주는 건 아니겠지? 그야말로 바보 같은 짓이니라."

"……."

경식이 말이 없자, 에리카는 타이르듯 한숨을 내쉬며 말했다.

"어차피 버리는 패다. 영혼은 많고, 그들은 이미 죽은 녀석들이지. 게다가 몬스터이지 않느냐? 그냥 적당히 쓰다가 버리는 게야. 알다시피 사령의 보옥엔 자리가 그리 많지 않……."

"사령이 보옥이 아니야. 여우 구슬이지."

"……?"

"그리고 그 여우 구슬은 구미호라는 녀석이 품고 있던 생명과도 같은 거야. 그리고 구미호도 영혼이지."

에리카는 경식이 도대체 무슨 소리를 하는지 알 수 없어 고개만 갸웃거렸다.

그러거나 말거나 그의 말은 계속 이어졌다.

"그 영혼인 구미호가 나를 신뢰하고 구슬을 빌려줬다고. 알아?"

그 말에 에리카는 약간 당황하는가 싶더니 이내 싱긋 웃었다.

비웃음이었다.

"호오. 그렇다면 그 녀석도 너를 이용하고 있는 것이로군?"

"……뭐라고?"

"그 구미호라는 녀석의 구슬에 영혼이 들어가는 것 아니더냐? 그렇다면 구미호는 그 영혼을 담을수록 강해질 것이다."

"……."

과연 영혼을 흡수할 때마다 구미호의 꼬리가 늘어나는 것을 확인할 수 있었다. 확실히 그가 영혼을 흡수할수록 구미호는 강해지고 있다.

틀림없는 사실이었다.

하지만 그것이 나를 이용하고 있는 것이라고?

내가 알고 있는 그 구미호가?

"웃기지 마!"

"흐음. 너는 나와 달리 상당히 감성적인 녀석이로구나?"

"……."

화를 냈는데 상대방이 화를 내지 않고 냉정하게 말하면 오히려 할 말이 없어져 버린다. 에리카가 노린 것도 그것이었는지, 나긋하게 웃으며 말을 이어간다.

"네가 그러는 건 말리지 않을 것이다. 하지만 너도, 곧 알게 되겠지. 어쨌든 붉은 어금니를 잘 부탁한다. 인상은 항상 찌푸리긴 했지만, 꽤나 순종적으로 힘을 빌려주던 애완혼이거든."

애완혼.

애완견과 비슷한 의미인 듯싶다.

경식이 그 말에 또 울컥했다. 실로 충격적인 발언이다.

"애완혼 따위가 아니다. 그 녀석에겐 태론이라는 멋진 이름이 있어. 나한테 헷갈리지 말라면서 '테'가 아니라 '태'라고 강조까지 했던 이름이 있단 말이다."

"……진명을. 들었다고?"

이번에는 에리카가 충격을 받을 차례였다.

"왜. 넌 몰랐나 보지?"

경식이 비아냥거리자, 에리카는 꿀 먹은 벙어리처럼 입을 다물고만 있었다.

경식이 숨을 고르고, 진정한 후 말했다.

"네 말대로, 오크 신에게 채찍을 만들어서 휘두르자 어쩔 수 없이 말을 듣긴 하더군."

에리카가 그 말에 신나서 고개를 끄덕였다.

"그래! 바로 그거다!"

"그런데 엄청 약해졌어. 울며 겨자 먹기로 준 힘은, 정말 어설펐지."

"그거야 네가 영혼을 다루는 숙련도가 낮고, 그 녀석은 노력 대비 성능비가 안 좋은, 야생 혼이기 때문이다!"

"네 말도 맞아. 그런데…… 야생 혼이니 애완 혼이니 하는 건 좀 듣기 거북하다. 나는 너랑 스타일이 다른가봐."

채찍질을 할 때 얼마나 가슴이 아팠던지, 솔직히 생각하기도 싫을 정도다.

"난 내 방식대로 녀석들이랑 친해져 볼 거야."

그 말에, 에리카는 발끈해서 뭐라고 하려다가 이내 포기한 듯 한숨을 내쉬었다.

"그래. 네 말대로 붉은 어금니……."

"태론이야."

"그래. 그 녀석의 진명을 나는 모른다.

그리고 나의 아버지도, 그 선조의 아버지도 몰랐었다. 그 녀석의. 아니, 사령의 보옥에 가둬두었던 모든 녀석들 중 단 한 마리의 진명조차 우리는 알지 못했다. 영혼에게 진명을 들은 건 네가 처음이다."

그것을 듣고 경식이 너스레를 떨려는 찰나, 에리카가 웃기지 말라는 듯 말을 이어갔다.

"하지만 착각하지 마라. 그것은 듣지 못한 게 아니라, 들을 필요가 없었기 때문이다. 어차피 경지에 오르면, 진명을 듣지 않아도 녀석들의 힘을 완벽하게 뽑아낼 수 있었기 때문에 그러지 않았던 것뿐이니까."

"……!"

"그들은 노예다. 절대 친구가 될 수 없어. 너도 곧 알게 될 게다. 호호호홋! 그때는 내 말을 진작 들을 걸 하고 후회할지도 모르겠군."

"……그럴 일. 없을 거야."

"그래. 지켜보겠다. 어리석은 녀석."

에리카는 그 말을 하며 스르륵 사라졌다.

"흐음."

경식은 머리를 긁적이며 잠에서 깨어나려고 꿈의 세계에서 몸을 띄웠다. 꿈의 세계에 떠 있는 구름 너머로 사라지는 것이 바로 잠에서 깨어나는 그만의 방법이자 무의식의 장치였다.

그런데 문득 구름을 통과하기 직전 경식은 하늘에서 멈췄다.

떠오르는 얼굴들이 있었기 때문이었다.

"그래. 너무 늦어도 안 돼."

때를 놓치면 아무것도 되지 않는다. 문득 생각이 난 지금 가서 말이라도 붙여봐야 하는 것이다.

경식은 심호흡을 한 후 눈을 꽉 감았다.

그리고 자신이 가고자 하는 다른 무의식의 세계와의 접촉을 시도했다.

귓가로 큰 바람이 스치고 지나갔다.

눈을 뜨자, 그는 황량한 모래사막 한 가운데에 덩그러니 서 있었다.

쾅!

콰아앙!

어디선가 거대한 부딪치는 소리가 울려 퍼졌다.

경식은 눈살을 찌푸리며 모래바람이 일어나는 곳으로 향했다.

그곳엔 두 거구가 서로 맞붙고 있었다.

4미터에 가까운 회색 몸체의 오크와, 그 오크와 맞붙어 싸우고 있는 붉은 상아 어금니를 가지고 있는 6미터짜리 트롤이 바로 그것이었다.

오크 신과 붉은 어금니였다.

촤아악!

붉은 어금니가 2미터가 넘는 손톱을 잔뜩 세우곤 냅다 휘둘렀다.

오크는 그것을 보며 피하지 않았다. 오히려 더욱 가까이 달려들었다.

꽈꽉!

그의 몸을 감싸고 있던 회색 각질이 물에 불어나듯 더욱 두꺼워졌다.

퍼악!

붉은 어금니의 손톱은 오크의 어깨를 뚫었다. 아니, 뚫었다고 생각했지만 그것은 두꺼운 각질일 뿐 오크 신의 살을 지르지는 못했다.

오크 신의 회색 눈동자가 번쩍 빛난다.

안으로 파고든 오크는 붉은 어금니의 팔을 잡고 있는 힘껏 휘둘렀다.

붉은 어금니의 거구가 오크의 어깨에 부딪치며 원심력을 얻어 엄청난 속도로 바닥에 처박혔다.

훌륭한 엎어치기였다.

콰콰쾅!

크헉!

크아아앙!

붉은 어금니가 비명을 지르자 오크 신은 흉성을 지르며 붉은 어금니의 몸에 올라탔다. 그러고는 그 거대한 주먹으로 붉은 어금니의 안면을 계속해서 강타한다!

쾅! 쾅! 콰앙!

척추가 부러져 아무것도 못 하던 붉은 어금니는 몇 초도 되지 않아 모두 회복했는지 눈을 빛내며 입을 쩍 벌렸다.

샛노란 가스가 입에서 뿜어져 나왔다.

콰과과과!

"끄헙!"

흥분으로 인해 코를 벌름거리던 오크 신이 황급히 뒤로 물러나며 입을 벌렸다. 그러고는 벌써부터 자신에게로 쇄도해 오는 붉은 어금니에게 충격파를 날렸다.

쓰아앙!

쿠쿵!

붉은 어금니가 뒤로 쭉 밀려 난다.

오크 신 역시 그런 붉은 어금니에게 달려들지 못하고 씩씩거리며 노려볼 뿐이다.

대치구도가 된 가운데, 경식이 고개를 휘휘 저으며 나타났다.

"지금 뭐 하는 거야?"

붉은 어금니가 경식을 발견하고 씩 웃었다.

"왔나. 동반자여."

그 '동반자' 라는 말에 경식이 약간 뭉클해졌다.

반면에 오크 신은 경식에게 한결같이 난폭한 태도다.

"취익! 이게 다 네놈 탓! 저놈과 내 사이는 배를 움직이게 하는 바람과! 배를 정박시키는 돛! 취이이익!"

오크 신이 그런 말을 하며 붉은 어금니에게 다시금 달려들려 하였다. 붉은 어금니 역시 씩 웃으며 그런 오크 신을 맞아들일 준비를 했다.

경식이 한숨을 내쉬며 허공에 손을 뻗쳤다.

그러자 기다란 채찍이 생겨나며 경식의 손에 착 감겼다.

그것을 휘둘렀다.

좌악!

빡!

채찍이 모래사장 바닥에 부딪치며 홍해가 갈라지는 듯한

거대한 폭음과 함께 모래가 10미터나 물처럼 솟구쳤다.

그것을 보고 경식이 다 식겁 놀랐다.

"흐미. 더 세졌잖아?"

불과 얼마 전까진 땅이 조금 파이는 정도였지, 이렇게 수면에 때린 것처럼 차지진 않았었다.

붉은 어금니를 영입(?)한 이후로 강맹해진 그의 힘 탓에, 채찍도 2배 이상은 아프게 들어갈 것이다.

그것을 눈치챈 오크 신이 흠칫 몸을 떨었다.

"취익! 폭력 반대! 때릴 거라면 저 녀석부터 한 대! 취이익!"

"그것으로 나.를. 때릴 건가?"

붉은 어금니 역시 인상을 찌푸리며 뒤로 물러난다.

거의 신급에 올라선 영혼들이 본능적으로 떠는 이유는, 경식의 몸 안에서. 그것도 여우구슬 안에 갇힌 상태에서 저 채찍을 맞으면 정말 말 그대로 '영혼까지 털리는 상황'이 오기 때문이었다.

붉은 어금니가 한숨을 푹 내쉬었다.

그러고는 자포자기하듯 주저앉아 버렸다.

"너. 역시 그렇. 군. 하긴. 그쪽의 인간이었을. 테니…… 이해. 한다만."

"끄응."

경식은 마음이 좋지 않았다.

그렇지, 붉은 어금니는 이미 알고 있는 것이다. 저 채찍이 무엇인지. 그리고 자신이 어떻게 그들을 '조련'할지를 말이다.

그래서 이미 포기한다.

그리고 그 포기한 얼굴엔 실망감이 강하게 묻어나고 있었다.

'아, 아니 난 그러려고 한 의도가 아닌데…….'

경식의 의도는 둘의 싸움을 멈추는 것이었다. 단지 그뿐이었는데 오해를 산 것이다.

'아니, 오해도 아니려나.'

싸움을 말리려고 폭력의 전조와 같은 행동을 했다. 우선 말을 하기 전에 주먹으로 위협부터 한 것이다.

자신이 잘못한 것이 맞았다.

경식은 어찌 할 바를 몰라 발만 동동 구르다가, 변명을 포기했다.

변명보단 행동으로 보여주는 것이 나으니까 말이다.

경식은 채찍을 없애버린 후, 자리에 털썩 주저앉았다.

"난 너희를 조련하러 온 게 아니야. 난 단지 이야기를 하러 왔을 뿐이라고."

두 영혼의 얼굴이 묘하게 변했다.

*   *   *

경식은 두 영혼과 많은 이야기를 나누었다. 하지만 처음 하는 진솔한 대화라서 그런지 마음속 깊은 이야기는 듣지 못했다.

주로 경식이 묻는 쪽이었다.

"오크야. 넌 왜 그렇게 나를 싫어해?"

"취익! 약하기 때문이다! 그리고 이 몸은, 누구의 밑에도 들어가지 않기 때문이다! 취이익!"

"난 너를 부려먹을 생각이 없어. 그냥 나를 도와주면 안 될까? 그래도 내가 없으면 넌 다른 몸을 찾아야 되잖아. 그렇지 않으면 죽는다고 들었는데."

"취익! 흥! 취익!"

오크는 대답을 하지 않은 채 고개를 팩 돌려버렸다. 인정하기 싫은 사실을 들어버렸기 때문이다.

"게다가 내가 라임 맞춰 줄 때는 좋다고 힘을 빌려주더니 말이야."

"취익! 그건!"

그것을 보던 붉은 어금니가 그런 오크를 보며 이죽거렸다.

"멍청한 녀석. 자신이 지금껏 어떻게 형. 태를 유지하고 있는. 지도 모르는군."

오크는 말이 없다. 붉은 어금니에게 대꾸를 하기 싫어서다. 하지만 말을 아끼는 대신 주먹이 날아갔다.

물론 붉은 어금니가 그걸 맞아 줄 리 만무했지만 말이다. 그는 손톱을 교차해서 오크의 주먹을 막았다.

파삭!

"어휴!"

경식이 한숨을 내쉬었다. 자신의 마음을 몰라주니 답답해서다.

하지만 그 진심어린 눈빛과 표정을 보며 오크 신은 오히려 기분이 나빠졌다.

"취이익! 기분 나쁜 표정. 그것을 보니 어이가 없군, 완 전! 취이이익!"

경식 역시 울컥했다.

"뭐가 어이가 없냐! 내가 널 부려먹는 게 아니라 부탁한다고! 부탁한다는 거잖아, 자식아!"

"취이이익!"

오크 신 역시 울컥해서 벌떡 일어났다.

3미터의 거구가 일어나니 위압감이 장난이 아니다. 살아생전의 모습을 그대로 투영하고 있어서 그런지, 40미터 가까이 되던 키메라를 마주할 때보다 더욱 무거운 분위기가 있었다.

"너는! 취익! 가둬 놓은 상태에서 하는 부탁이! 취익! 협박이라고 보는가 부탁이라고! 보는가아! 취이이익!"

이젠 라임이고 뭐고 없었다. 그저 취익거리며 할 말을 했고, 경식은 그저 듣고만 있었다.

"으음, 그건 맞는 말이지만…… 에효. 말해서 무엇하냐? 내가 알아서 보여 줘야지. 그렇지 않겠어, 붉은 어금니?"

그 말에, 붉은 어금니가 피식 웃었다.

"기대하겠. 다."

"흥! 취익!"

씨알도 안 먹힌다는 듯 콧방귀를 뀌는 오크를 바라보며, 경식은 밉지만은 않다는 듯 빙긋 미소 지으며 일어났다.

그러곤 허공에서 다시금 채찍을 소환했다.

흠칫!

두 영혼이 반사적으로 뒤로 물러났다.

경식이 안심하라는 듯 손을 내저어 보이며, 채찍을 공기 중에 던졌다.

이곳은 어찌 되었건 경식의 심상세계이다.

이곳의 주인은 경식이며,

그는 숙련도와 능력을 키우면 이곳에선 무엇이든지 할 수가 있었다.

경식의 생각대로 채찍이 움직였다.

갑자기 채찍이 수백 배 거대해지는가싶더니 가루가 되어

흩날렸다. 그리고 그 흩날리던 가루는 이리저리 뭉치며 울타리의 형태를 갖추기 시작했다.

탕! 탕탕탕탕!

그 울타리들은, 둘 사이를 가르는 금이 되었다.

서로의 영역을 정해 준 것이었다.

"이제 싸우지들 말라고. 내가 영 능력이 조금 더 강해지면 이것보다 좋은 것들을 해 줄게. 보아하니 오크 너희들은 통나무집을 좋아하는 것 같고…… 붉은 어금니. 너는 어때?"

붉은 어금니가 경식의 의도를 알고 씨익 웃었다.

"늪이다."

"의외네. 늪이라…… 우선 알았어. 그 사이에 늪에 갈 일이 있겠지. 늪을 보면 실제처럼 똑같이 만들어 줄게. 알았지?"

"기대하지."

"아…… 그리고 너 말이야."

경식이 오크 신을 가리키며 말했다.

오크 신은 울타리가 생긴 것이 꽤나 마음에 드는지 자신도 모르게 웃고 있었는데, 경식을 보자 다시금 포악한 표정으로 으르렁거렸다.

"취이이익! 울타리! 이것을 타고 넘어가리! 취익!"

"……뭔 그런 똥 같은 라임이 있어?"

상당히 난해하고 어떻게 반응해 줘야 할지 모르겠다. 경식은 그냥 무시하기로 하고 말을 이었다.

"계속 오크라고 부를 수도 없으니까, 이름을 가르쳐 주는 게 어때?"

그 말에 오크 신이 더더욱 콧방귀를 뀌었다.

"진명을 가르쳐달라고? 취이익! 차라리 저놈과 사귀라고 해라! 취익!"

"톨톨톨톨. 개소리를 오크가. 하는군."

둘은 서로를 바라보며 벌떡 일어났다.

이깟 울타리쯤이야 둘의 몸집에 비하면 아무것도 아닌 것이었다.

하지만 경식은 이번에는 말리지 않았다. 어디 한 번 할 수 있으면 하라는 식이다.

둘은 격돌하려 했지만 보이지 않는 벽에 막혀 서로 튕겨져 나가고 말았다.

쿵! 쿵!

"흐흐흐. 너흰 이제 못 싸워."

"취이이익!"

"흐음!"

"아무튼 오크! 너는 진명을 말하지 않으니 내가 알아서 마음대로 부르겠어. 음……음…… 삼식이? 갑돌이?"

"……!"

경식이 고민을 듣고 있던 오크 신이 발작적으로 말했다.

"회색바람이라고 불러라!"

"……회색바람? 그게 너의 진명이냐?"

경식이 눈을 반짝이며 말하자, 오크 신. 회색바람이 콧방귀를 뀌며 고개를 저었다.

"그럴 리가 있는가! 취이익! 옛날에! 음…… 아무튼 옛날에! 취이이익!"

옛날에 불리던 이름이었나 보다.

'누구에게 불리던 이름이지? 누구랑 친하게 지냈었나?'

경식은 의문을 가졌지만 그것을 물어봐봤자 대답해 줄 것 같지도 않았기 때문에 굳이 묻지 않았다.

그때, 붉은 어금니가 진중하게 경식을 바라보며 말했다.

"동반자여. 부탁하고 싶.은 것이 있다."

"응? 뭔데?"

"나의 진.명을 남발 하.지 마라. 그냥 붉은 어금.니로 평소에는 불.러다오."

이유인즉슨, 진명은 남에게 들키면 안 되는 것이었다. 진명을 안 순간, 영혼은 그 사람에게 귀속되기 때문이다. 물론 경식이 이미 진명을 알고 있으니, 다른 사람이 진명을 알아봤자 경식에게서 붉은 어금니를 빼앗지는 못하겠지만, 그래도 기분이라는 게 있다.

"사령의 보.옥에 갇혀 있을 때에도 말.하지 않던 걸 말.한 것이다."

그러니 그 이름을 소중하게 여겨달라는 의미다.

"그리고 결.정 적일 때 사용.해야 그 힘이 더욱. 강해진다. 자주 듣게 되면, 나도 언.제 그 이름에 걸맞은 힘을 사.용 해야 하는지 헷갈릴 때가 올 것.이다."

"흐음……."

하나부터 열까지 다 맞는 말이었다.

경식이 알았다는 듯 고개를 주억거렸다.

"알았어, 조심할게. 아무튼 이제부터…… 윽박지르는 일은 없을 거야. 다만, 회색바람 네가 힘을 빌려주지 않으면 붉은 어금니에게 힘을 빌릴 것이고, 그렇게 되면 이곳에서의 붉은 어금니의 힘이 더욱 강해진다는 것만 알아 둬. 지금 싸우는 걸 보니 막상막하인 것 같은데……."

경식의 얼굴 표정이 장난스럽게 변했다.

"나도 사람인지라, 날 좋아하는 녀석에게 힘을 실어줄 거라고."

"취, 취이익!"

회색바람이 눈을 부릅뜨며 절규하듯 무어라 소리를 질렀지만, 경식은 이미 하늘을 날아 구름 위로 이동하고 있었기 때문에 들리지 않았다.

　　　　*　　　　*　　　　*

　"흐히히힛. 까불고 있어."

　[뭘 까불고 있다는 거양?]

　"으응?"

　잠꼬대를 하던 경식이 부스스한 눈을 떴다.

　그러자 바로 눈앞에 꼬리가 두 개 달려 있고, 약간 여우의
형상을 한 붉은 색의 귀여운 혼불이 경식을 물끄러미 바라보
고 있었다.

　바로 구미호였다.

　"아, 앞에서 이러면 곤란하지!"

　경식이 벌떡 일어나서 뒤로 물러났다. 일어나자마자 불덩
어리가 앞에 있다고 생각해 보라. 얼마나 놀라겠는가?

　그 말에, 오히려 구미호가 서운하다는 듯 말했다.

　[와아, 웃긴다 얘. 잠잘 때 포근하다고 안고 잔 게 누군데.]

　"누, 누가. 내가?"

　옆에서 보고 있던 왕년 노인이 장난스레 말한다.

　─아주 가관도 아니었네. 무슨 봉제인형 끌어안고 자는 소
녀 같았지. 흘흘흘흘

　"그, 그럴 리가 없어요! 그렇지요. 그렇지요, 제이크!"

옆에서 망을 보고 있던 제이크가 당연하다는 듯 고개를 끄덕였다.

"주인님께서 아니라면 아닌 겁니다!"

"봐봐요! 아니라잖아!"

"하지만 주신님께서 그리 말하기 전까지는 끌어안고 잔 것이 맞습니다!"

"……."

"크핫핫핫!"

아주 호탕하게 웃어버리는 제이크를 바라보며, 경식이 빙긋 웃었다.

이제 저 위압적일 정도로 커다란 웃음이 무섭지 않았다.

오히려 든든했다.

"우리가 그 영지를 떠난 지 얼마나 되었지요?"

"정확히 이틀입니다!"

"많이도 지났네요. 그런데 그 유령 말을 타면 빨리 갈 수 있었을 텐데, 계속 걸었던 이유가 뭔가요?"

그 말에, 제이크가 당당하게 말했다.

"로열티는 먹이를 먹지 않는 훌륭한 유령마입니다! 대신에 한 번 사용하면, 대자연의 소울 에너지가 충전되기 전까진 사용하지 못합니다. 일전에 사용을 많이 했으니, 앞으로 일주일 정도는 더 사용을 못 할 것입니다!"

이야기를 듣자 하니, 하루를 꼬박 사용하면 일주일 정도는 쉬어 줘야 한다는 것이다.

그런데 숲에서 이전 영지로 올 때까지 며칠간을 사용했고, 그 이후에도 전속력으로 한 번 더 사용했었으니 한 달 정도는 쉬어 주는 게 맞는 것이었다.

'하긴. 나를 억지로 걷게 할 사람은 아니지.'

우쭐한 말이 아니라, 사실을 말한 것이었다. 자신을 주인으로(그러지 말라고 말을 함에도 불구하고) 여기고 있는 제이크가 자신에게 이런 고행을 시키지는 않을 것이기 때문이었다.

'그런데 그러면서 왜 이렇게 나를 끌고 가는 거지?'

사실 경식은 어디로 가고 있는지 알지 못했다. 처음엔 정신을 잃었었고, 일어나보니 제이크가 앞장서서 걸어가고 있어 묵묵히 따라간 것이 이틀이나 되었다.

이제 물어볼 때였다.

"그런데 어디로 가고 있죠, 우리?"

그 말에, 제이크는 오히려 어리둥절한 표정을 지었다.

"모르십니까?"

"아니 말을 해줘야……."

"당연히 아시는 줄 알았습니다. 느껴지지 않으시나 보군요?"

"……?"

경식은 그 말에 고개를 갸웃거렸다. 그러자 제이크가 농담이 아니라는 걸 알고 설명에 들어갔다.

"지금. 엄청난 소울 에너지가 퍼져 나오고 있습니다. 정말 안 느껴집니까?"

그 말에 퍼뜩 생각이 난 경식이 눈을 감았다.

사실, 감각이라는 것은 받아들이기 싫어도 받아들이는 때가 있다. 아픈 게 싫다고 촉각이라는 감각을 꺼버릴 수는 없는 것이다.

하지만 그것은 태어날 때부터 자신도 자각하지 못하는 사이에 만들어진 감각이기 때문이다.

그리고 경식의 육감.

즉, 영 능력은 끄고 키고를 할 수 있었다. 그러니 영 능력을 끄고 다닐 수 있었던 것이다.

일전에는 스위치만 있었지, 열어진 스위치를 내릴 힘이 없었다.

하지만 붉은 어금니를 받아들이고 그릇이 넓어지며 영 능력이 더욱 발달되었고, 덕분에 경식은 스위치를 자유자재로 끄고 킬 수 있게 된 것이다.

'켜봤자 영혼 같은 건 구미호가 도와주지 않으면 보이지도 않고, 그 머리 아픈 탐지 기운만 느낄 뿐이니 꺼 놨었지.'

그것을 제이크에게 설명하자, 제이크가 눈을 부릅뜨며 놀라했다.

"소울 에너지를 느끼는 능력을 *끄*고 *켤* 수가 있다니! 그게 말이나 됩니까!"

"그, 그러게나 말입니다? 전 가능하던데요?"

"역시. 역시 탁월한 재능이십니다!"

"그, 그런가요?"

[내가 말 했잖아~ 넌 이쪽 방면으론 천부적인 재능을 가졌다고!]

경식의 얼굴이 발그레 해졌다.

역시 칭찬은 고래도 춤추게 한다는데, 경식도 칭찬에는 참으로 약했다.

"헤헤. 그, 그런가? 에헤헤헤."

─우선 그 영 능력인지 뭔지를 한 번 켜보게.

"음. 알았어요."

경식이 눈을 감고 자신의 영 능력 스위치를 켰다.

그리고 그 순간.

"끄아우욹!"

경식이 눈을 부릅뜨며 뒤로 주춤주춤 물러났다. 온몸의 실핏줄은 전부 다 곤두섰고, 특히 이마에 솟은 핏대는 꿈틀거리고 있었다.

코에서는 콧물이 나올 정도다.

콧물을 닦았다.

진득하다.

"왜 코, 콧물이."

[야! 콧물 아니야! 코피라고!]

"헉! 지, 진짜?"

그리고 머릿속에서 들려오는 회색바람과 붉은 어금니의 목소리!

[취, 취이익! 이, 이 느낌. 공포! 취이이익!]

[이, 이것…… 은! 그. 그 빌어먹을 녀. 석의……!]

"왜. 왜 뭔데? 뭔데!"

두 영혼들의 감정이 경식에게로 몰려들어오기 시작했다.

공포. 분노. 복수.

그리고 의미 모를 환희.

그 모든 감정들이 뒤섞여서 경식의 뇌리 속으로 들어오는 것은 유쾌한 경험이 결코 아니었다.

그리고 한쪽 코에서도 흘러내린다.

쌍코피였다.

"제, 젠장."

경식은 당장에 영각의 스위치를 껐다.

그의 인상은 정말 종잇장처럼 구겨진 채였다.

제이크가 놀라서 소리쳤다.

"무슨 일이십니까!"

"그, 그러게요. 무슨 일일까요, 이게."

경식은 눈앞의 허공을 바라보았다.

맑은 하늘 한 가운데에 검은 점 같은 게 보인다.

먹구름이었다.

그리고 그 아래엔 성벽의 귀퉁이가 보이고 있었고 그곳으로부터 연기가 모락모락 피어나고 있었다.

무엇을 하고 있는지는 모르지만 좋은 이미지는 결단코 아니었다.

"저기에 우리가 찾는 녀석이 있는 거죠?"

"그렇습니다!"

"음. 흠."

경식은 잠시 고민하다가 방향을 틀었다.

"나중에 갑시다."

"……예? 그건 무슨 말이십니까!"

"지금 저 녀석을 상대할 수 없을 것 같은 예감이 들어요."

제이크가 자신 있다는 듯 가슴을 탕 탕 쳤다.

"제가 있으니 가능합니다!"

"아니 그게 문제가 아니라…… 으음."

경식은 약간 불편한 표정을 지었다.

그래, 제이크는 강하니까 어떻게든 영혼을 제압할 수 있을

지도 모른다.

　하지만 제압과 흡수는 별개의 문제였다.

　경식은 회색바람과 붉은 어금니에게 물었다.

　'너희들, 저기에 있는 녀석이 누군지 알고 있는 눈치던데?'

　그 말을 기다렸다는 듯 회색바람과 붉은 어금니가 말했다.

　[취익! 저곳에 있는 것! 그것은 바로 오우거! 취이이익!]

　회색바람의 목소리에는 묘한 공포가 스며들어 있었다.

　자존심 높은 회색바람이 보이기엔 이상한 행동이었다.

　그리고 그것은 붉은 어금니도 마찬가지였다. 아니, 붉은
어금니는 자신의 투기를 한껏 끌어올린 상태인지라 그답지
않은 게 아니라 너무 그다워서 무서울 정도랄까?

　[내가. 죽어서도 죽.여야 했던 녀석이 저곳에. 있다.]

　'누군데? 오우거라고?'

　그 말에, 붉은 어금니가 한숨을 푹 내쉰다.

　[나의 동포를 죽인 존재. 나를 홀로 남긴 존재. 오우거라는
종족의 최상위에 존재하는…… 그. 빌어먹을 녀석.]

　[취, 취이이이익!]

　회색바람이 경기를 일으키듯 몸을 떨었다. 사자의 채취를
맡은 토끼 같은 행동이다.

　"으음."

　경식은 잠시 고민해 보았지만, 역시나 안 될 것 같았다.

"흡수를 제가 못 해요. 잡을 순 있겠죠. 하지만 흡수를 못 합니다. 지금의 저로서는 말이지요."

제이크가 잡아봤자 자신이 흡수를 못 한다는 그 말에, 제이크는 이를 악물고 잠시 고민하더니, 고개를 끄덕였다.

"그럼. 어쩌시겠습니까?"

"음…… 그. 사령의 보고부터 찾아야겠어요. 혹시 아시나요?"

경식은 오늘 꿈을 통해 에리카를 본 이야기를 제이크에게 해 주었다. 제이크는 에리카라는 소리를 듣자마자 걱정스럽고 아련한 표정이 되었다.

"그, 그분이 뭐라고 하십니까?"

"사령의 보고가 어쩌고 했다니까 뭐 들으셨어요?"

경식은 에리카와 한 대화 내용을 말해 주었다. 대부분이 사령의 보고에 대한 이야기였다.

사령의 보고.

사령의 보옥을 포함한 갑옷, 팔찌, 그리고 검이 그것에 해당되어 있었다.

그리고 그 사령의 보고 중 하나를 소유 중인 집사의 영적인 특징을 경식의 뇌리에 직접 심어 주었고 말이다.

거기까지 들은 제이크가 고개를 크게 주억거리며 말을 이어갔다.

"그것은 제레노 집사를 말하는 것입니다! 은신처가 몇 개 있을 텐데…… 방향이라도 알 수 있을 지요!"

"엄청 강력한 녀석이 뿜어내는 기운 때문에 느껴지는 기운이 희미하긴 하지만……."

경식은 자신이 느낀 집사의 기운을 되짚더니 한 쪽으로 손가락을 가리켰다.

가던 방향이 남쪽이라면, 전혀 다른 길인 동쪽 방향이었다.

"흠. 역시!"

거기까지 들은 제이크가 방향을 옮겼다.

"제가 길을 압니다!"

그러면서 앞장서는 제이크의 뒷모습을 바라보며, 경식은 그의 뒤를 따라갔다.

그러면서 구미호는 경식의 뒤를 쫄래쫄래 따라갔다.

[흐흥. 이젠 좀 재미있는 일이 생기려나?]

"사령의 보고를 얻으면 좀 더 강해진다고 들었으니까, 좀 더 강해진 다음에 저기 가는 게 맞는 것 같아. 재미있는 일은 그때 생길걸?"

[흐흥. 아무렴 어때~]

흥얼거리며 자신을 따라오는 구미호를 바라보며, 경식은 문득 이야기했다.

"아! 그런데 너 이름이 뭐야? 진짜 그냥 구미호가 이름이야?"

너무나도 자연스러운 그 말에, 구미호가 당연하다는 듯 대답했다.

[그럼 네 이름은 인간이게? 나도 이름 있거든? 그것도 아주 예쁜 이름!]

"그 이름이 뭔데?"

[흥! 듣고 놀라지나 마. 바로 향……]

"향……?"

다음 말을 하려던 구미호가 퍼뜩 정신을 차리고 경식을 노려본다.

[소름 돋네. 지금 무슨 짓을 한 거양?]

"칫. 들켰나. 계획대로 될 줄 알았건만."

[와 무서워서 어디 같이 다니겠엉? 내 이름을 알려면 너 하아아아안참 멀었어!]

"아 그냥 가르쳐 주면 안 되냐? 우린 한 배를 탄 몸이잖아?"

그 말에, 구미호가 정색하며 말한다.

[넌 한 배를 탔다고 해서 그 사람이랑 키스할 수 있어? 잘 수 있어? 웅? 으웅?]

"이, 이야기가 왜 그렇게 돼?"

[비슷한 거라서 그래, 이 자식아!]

귓가에 대고 빽 고함을 지르는 그 서슬에 경식이 식겁해서
귀를 닫았다.

"아 좀! 시끄러워! 알았어, 알았다고!"

[흥! 짜식이. 꼬맹이 짜식이. 어디서 감히 짜식이!]

뭔가 분하다는 듯 중얼거리는 구미호의 여우 불 색깔은 다
홍색으로 물들어 갔다.

뭔가 되게 부끄러워하는 것 같았다.

"거참."

경식은 괜히 미안한 마음을 느끼며 제이크의 뒤를 계속 따
라갔다.

며칠 후, 경식 일행은 꽤나 높은 산 초입에 들어설 수 있었
다.

Chapter 9

현상수배범

대수림은 아니지만, 동산 치고는 꽤나 험한 산이었다. 물론 몬스터가 많은 북쪽 숲에서부터 여행을 시작한 경식 일행에게 큰 장애가 되지는 않았지만 말이다.

물론 앞장은 경식이 섰다.

제이크는 어느 곳에 가문의 비밀거처가 있는지 장소만 알 뿐 정확한 것은 알지 못했고, 경식은 집사의 영혼이 풍기는 냄새(?)를 알기 때문에 디테일하게 찾아갈 수가 있었던 것이다.

하루를 꼬박 걷자, 밤쯤에서야 어느 장소에 도착할 수 있었다.

경식이 선 곳은, 어느 산에서나 있을 법한, 약간 거대하고 평범한 바위였다.

"이곳의 아래인데요?"

"예. 그렇다면 이곳에 무슨 장치가 있을 겁니다."

제이크는 에리오르슈 가문 출신답게 당황하지 않고 바위의 겉 표면을 짚어 나갔다. 그래도 꽤 한참을 짚고서야 버튼을 찾아내어 그곳을 누르자 바위가 뒤로 누우며 아래로 내려가는 계단이 드러났다.

"내려갑시다!"

제이크가 무리 없이 내려갈 만큼 입구는 거대했다. 경식도 마찬가지이고, 형상이 없는 혼령체인 구미호와 왕년 노인 역시 무사히 내려올 수 있었다.

지하임에도 불구하고 안쪽은 깨끗했다. 지하 특유의 눅눅함은커녕 청량한 바람이 불어왔다.

그리고 주변이 잘 정돈되어 있고, 고급스러웠다.

마치 고급 저택에 온 것만 같은 기분이 들었다.

"여관보다 한 10배는 좋은 것 같은데요?"

"가문에서 만든 비밀사옥입니다. 그런 것은 당연합니다! 하지만……."

제이크는 그리 말하며 손가락으로 가구를 스윽 문질러 보았다.

손가락에 먼지가 잡힌다.

관리가 안 되어 있다는 뜻이었다.

"집사 성격에 관리를 안 할 리가 없는데 이상합니다."

"게다가 이건……."

먼지가 쌓인 가운데에 깨끗한 부분이 더러 있었다.

그것은 원래 어떠한 물건이 있었다가, 그 물건을 들춰내며 생긴 자국 같은 것이었다.

주변을 둘러보니 그런 흔적들이 많았다.

있던 물건을 어디론가 옮겼다는 뜻이 된다.

콜록. 콜록콜록.

그런 생각을 하고 있는데, 어디에선가 기침소리가 들려왔다.

경식 일행은 그 기침소리가 들려오는 방의 문을 열었다.

그곳은 장식 없는 조촐한 방이었는데 침대가 놓여 있었다.

그리고 그곳엔 노인 한 명이 누워 마른기침을 토해 내고 있었고 말이다.

"으, 으으."

그 노인이 경식을 바라본 후 고개를 갸웃거렸다. 그 후, 구미호를 보았고 왕년 노인을 보더니, 이윽고 시선이 제이크에게로 옮겨졌다.

제이크 역시 그답지 않게 울먹거리는 표정을 지어 보인다.

"지, 집사!"

"제, 제이크 아닌가. 켈룩켈룩."

"집사아아아!"

제이크가 집사에게로 다가가 지사를 부둥켜안았다. 그러자 집사가 콜록거리며 괴로워했지만, 그 괴로운 표정 사이에 웃음기가 맴도는 것 같았다.

"오, 오랜만일세. 살아 있었구려."

"지, 집사는. 집사는……!"

제이크가 말을 잇지 못하자, 집사라고 불린, 중년인이라고 하기엔 조금 늙어 보이는 노인이 빙긋 웃으며 고개를 주억거렸다.

"자네가 살아 있으니 참 다행일세."

"……크윽!"

제이크는 노인의 꼴을 보며 괴롭다는 듯 오만상을 찌푸렸다.

이 분위기에 어울리는 생각은 아니지만, 경식은 제이크가 참 못생겼다고 생각했다.

"으음, 아무튼 유감입니다."

"그리 말해 주니 고맙네. 자네는 누구인가?"

"아…… 저는 경식이라고 합니다. 정경식이에요."

"경 시크……?"

"아뇨. 정. 경. 식이요!"

"청. 경 시크……?"

"아니 그게 음…….."

경식은 약간 고민하다가 말했다. 하긴, 이곳은 대한민국도
아닌데 대한민국 이름을 쓸 수가 없었던 것이다.

그리고 문득 말했다.

"쿠드라고 합니다."

"……쿠, 쿠드?"

"네. 쿠드입니다."

자신의 이름이 아님에도 불구하고 경식은 자연스레 쿠드
라는 이름이 나왔다. 다른 이들에게는 모르지만 경식에게 쿠
드라는 이름은 전혀 생소하지 않았기 때문이다.

'이걸 처음에 왜 이렇게 지었더라?'

경식이 살던 대한민국이라는 곳은 인터넷이 상당히 활성화
되어 있는 곳이었다. 그리고 그곳에서는 정경식이라는 이름
말고, 인터넷 상에서 활동하는 그의 이름이 따로 있었다.

경식의 경우엔 그것이 쿠드였다.

경식은 자전거를 좋아해서 미니벨로(바퀴가 작고 접는 게 가
능한 자전거) 동호회도 들었었는데, 그곳에서도 아이디가 쿠
드였다. 그래서 그 닉네임에 익숙한 것이다.

그래서 이곳에서의 경식의 이름은 자신이 인터넷상에서 사

용하던 닉네임인 쿠드가 되었다.

지금 경식이 그리 정했다.

"모두들 알겠지? 평소엔 경식이지만 대외적으로는 쿠드야. 오케이?"

[음~ 뭔가 장난스러운 이름인데? 난 좋은 것 같아. 마치 대외적인 이름이 쿠드이고, 진명이 경식 같은 느낌이랄까?]

"호오."

듣고 보니 그랬다.

—헐헐헐. 쿠드라. 꽤 울림과 어감이 좋은 이름이로군.

"좋습니다! 저도 편하군요!"

제이크까지 크게 소리치며 긍정하자 경식의 빙긋, 미소를 지었다. 평생을 써 오던 닉네임이 다른 사람들에게 인정을 받으니, 왠지 모르게 기분이 좋았다.

"아무튼 전 오늘부터 쿠드라네요."

"헐헐헐. 그렇구먼. 쿨럭쿨럭."

"이 분은 에리카 님의 소울메이트라네!"

"소, 소울메이트?"

제이크는 에리카가 어떤 일을 벌였고, 차원 이동을 시켜서 경식이 이곳에 온 것까지 설명을 하려고 했지만 그의 말주변이 그리 좋진 않았다.

결국 경식과 구미호, 왕년 노인이 트리오를 이루어 설명에 들어갔고, 10분 정도 지나자 집사는 모두 알아들었다.

"그, 그렇다면 자네가! 아니. 아니지…… 이제 도련님이라고 불러야 할까요?"

그 말에 경식이 손사래를 쳤다.

"무슨 소리세요? 갑자기 그리 말을 높이시면 제가 당황스럽죠."

"헐헐. 그래도 어쩔 수 없습니다. 저는 에리오르슈 가문의 집사, 제레노이니 말입니다."

그의 이름은 제레노였다.

제레노는 경식의 손을 꼬옥 잡으며 빙긋 웃었다.

"가문의 재건을…… 부탁드립니다. 보시다시피 이런 몸인지라."

애정이 묻어나는 그 말에, 경식은 고개를 끄덕였다. 맞닿은 제레노의 손이 말 그대로 얼음장처럼 차가웠다.

"어려운 걸음 해 주셨군요. 그리고 왜 오셨을지도 알 것 같습니다. 하지만…… 지금 제가 해드릴 수 있는 게 그리 많은 것 같진 않군요."

"아, 그렇다고 하심은, 사령의 보구 중 하나라도 가지고 오신 게 없다는 말씀이신가요?"

"가져왔습니다. 하지만……."

제레노의 표정이 점점 우울해졌다.

따라서 경식 일행의 얼굴 역시 불안해졌다.

"가지고 왔습니다만, 가지고 가버렸습니다."

"빼, 빼앗겼단 말입니까! 누가 이곳을 알고요!"

제이크가 놀라서 소리치자, 제레노가 한숨을 내쉬며 더욱이 면목이 없다는 듯 말했다.

"제 딸아이가, 가져가버렸습니다."

"딸이라 함은, 설마……!"

＊　　　＊　　　＊

제이크의 눈썹이 꿈틀거렸다.

제레노가 푹 한숨을 내쉬며 고개를 끄덕였다.

"내 딸이 슈아 말고 또 있겠나."

제이크가 한숨을 푹 내쉬었다.

"고양이에게 생선을 맡기시지 그러셨소!"

"흘흘흘흘. 말릴 겨를이 없었다네. 주변에 사라진 가구들 보이는가? 다 그 녀석이 가져간 게지."

제이크는 한숨을 내쉬며, 고개를 회회 젓는 제레노를 막연하게 바라보기만 했다.

경식이 고개를 갸웃한다.

"무슨 일인데요?"

"일이 복잡하게 되었습니다!"

"그러니까, 왜요?"

"우선 잠시만 기다려 주십시오, 주인님. 집사! 그 요망한 계집이 지금 어디에 있습니까!"

"그, 그래도 내가 아비인데…… 흘흘 요망한 게 맞긴 한가 보이. 쿨럭. 쿨럭! 아마 아를렌 백작령으로 갔을 걸세. 돈이 될 수 있는 큰 영지가 근처에 거기밖에 더 있겠나."

제레노 집사가 애석하다는 듯 말하며 쿨럭거렸다.

쿨럭댈 때마다 제레노의 몸 전체가 검게 변했다가 다시 제 색을 되찾기를 반복했다.

경식과 구미호는 서로를 바라보며 안쓰러운 표정을 지었다. 제레노가 가여웠기 때문이다.

"으음, 그렇군요. 이제 편히 쉬시는 게 좋을 것 같습니다."

경식의 말에, 제레노가 빙긋 웃으면서도 고개를 저었다.

"딸은 돌아올 겁니다. 하지만 오래 버틸 자신도 없으니…… 부디 스스로 돌아오기 전에 찾아 주시길 바랄 뿐이지요."

경식이 굳은 얼굴로 고개를 끄덕였다.

"꼭 그렇게 하겠습니다."

"감사합니다. 좋은 분이 새로운 가주님이라 하시니 감격스럽군요."

제레노의 눈가에 이슬이 고였다.

뭉클한 경식이 꼭 딸을 찾아 데려온다고 말하며 자리에서 일어섰다. 제레노의 상태를 보니 오래 지체할 수가 없을 것 같았기 때문이다.

*   *   *

"조금만 지체하다간 금방이라도……."

경식은 말을 하다가 입을 다물었다. 시간을 지체하다간 제레노가 어떻게 되는지 말을 굳이 하지 않아도 모두가 알고 있었기 때문이다.

[빨리 가자. 여기서 얼마나 걸리지?]

그 말을 왕년 노인이 받았다.

─아마 아를렌 백작령은 이곳에서 꽤 가까운 것으로 알고 있소이다. 걸어서는 하루 반나절 정도면 도착할 거리지.

"시간이 그리 많이 없어요. 당장이라도 집사님이 사라질 것 같아요."

경식의 말에 듣고 있던 제이크가 고개를 끄덕인 후 자신의 애검인 소울이터를 바라보며 달래듯이 말했다.

"조금 더 쉬게 해 주고 싶지만, 상황이 급박하다."

우웅!

뭔가, 소울이터가 싫다는 듯 몸을 떤다.

그런 소울이터를 어르듯이 제이크가 쓰다듬으며 말을 이었다.

"너와 나의 으리! 그것은 우리의 연결 고리! 그 연결 고리는 영원히 변치 않으으으리!"

우우우웅!

제이크의 외침에 소울이터가 응답을 한다.

제이크는 눈을 부릅뜨며 소울이터를 휘둘렀다. 그러자 허공에 다시금 유령마 로열티가 튀어나왔다.

푸르르르르!

투레질을 하는 로열티의 눈두덩에 초록색의 광구가 번적였다. 제이크와 경식을 번갈아 바라보더니 뒤로 돌아 등을 내준다.

"타시죠, 주인님!"

제이크가 로열티를 탄 후 뒤를 돌아보며 그리 말했다. 경식이 고개를 끄덕이며 로열티에 올라가자 로열티가 투레질을 하며 앞으로 질주했다.

그 뒤를 구미호와 왕년 노인이 묵묵히 따랐다.

아니, 묵묵히라는 말에는 어폐가 있었다.

[아 저놈의 말 더럽게 빠르네 진짜!]

―크허흑! 내가 왕년에 저런 말이 있었다면 대륙 정벌을

했을 텐데 말이외다!

[그놈의 허풍으으은!]

로열티에 타지 못하는 두 혼체는 정말 열심히 달려 나갔다.

그만큼 유령마 로열티가 빠르다는 증거였으니, 그들이 아를렌 백작령에 도착하기까진 1시간 남짓이면 충분할 것이다.

*   *   *

아를렌 백작령의 문지기인 스미스는 멀어져 가는 경식 일행을 바라보며 손까지 흔들어 주었다. 뭐 특별히 경식 일행이 뇌물을 찔러 주거나 유쾌한 무언가가 있어서는 아니었다. 그저 그런 용병 일당인데 무엇을 바랄까?

"칫. 용병들이 가장 짜증 나. 상인쯤 되었으면 딴지라도 걸면서 용돈 벌이 좀 했을 텐데 말이지."

그래도 스미스는 기분이 좋았다.

왜냐면 이제 교대시간이 되어 하루 업무를 끝마칠 수 있었기 때문이다.

"오늘은 참 피곤했어. 그론드 녀석은 왜 아직까지 안 오는 거야?"

그가 말한 그론드라는 경비병은 교대 시간이 한참 지나고

서야 어슬렁어슬렁 걸어왔다.

스미스가 그런 그론드의 어깨를 세게 쳤다.

짝!

그론드가 능글맞게 대처했다.

"아이고, 좀 늦은 것 같고 뭘 그래요?"

"조금이라니! 10분이 조금이라니! 새끼야 10분 동안 숨 못 쉬면 사람도 죽어!"

"거참. 입심 하고는."

"언젠가 이 10분 어치의 술을 사야 할 것이야, 네놈은!"

그 말에, 그론드가 설렁설렁 고개를 끄덕이며 품 안에서 종이를 건넸다.

돈이라고 착각한 스미스의 환하던 표정이 화나게 변했다.

"뭐야 이건?"

"공문입니다. 이번에 추가된 현상수배범 리스트예요."

"이런 거 받아서 뭐하냐? 어차피 우리 눈에는 보이지도 않을 거."

그렇게 말하면서도 스미스는 현상금 수배 전단지를 찬찬히 살피기 시작했다. 추가된 현상 수배범은 세 명 정도였는데, 두 명은 가격이 200골드도 되지 않는 잔챙이였다.

"잔챙이네, 200골드 정도는 뭐."

200골드는 그들이 일 년을 꼬박 일해도 모을까 말까한 돈이었다. 하지만 목숨을 걸고 잡아야 하는 현상수배범이라면, 200골드는 무척이나 값싼 것이었다.

"이 형 또 대충 대충 훑어보시네. 뒷장 넘겨보시네."

"그래 봤자 비슷하겠지 뭐."

그리고 뒷장을 넘긴 순간, 그는 눈을 부릅떠야만 했다.

"10, 10만 골드?"

이번 생. 아니, 다음 생과 다다음 생에 번 돈을 모두 더하여 2를 곱해도 벌 수 있을까 말까 한 수준의 거대한 액수였다.

"생사불문이라네요. 제보자도 만 골드 정도 준다는데요?"

"마, 만 골드라니. 만 골드……."

스미스는 홀린 듯 전단지에 실린 얼굴들을 보았다. '본다'기보다는 '핥는다'고 표현하는 것이 옳을 정도로 집요하게 말이다.

그것을 보던 스미스의 표정이 기묘하게 변했다.

왜인지 모르게 상당히 낯익었던 탓이다.

"내가 아는 사람인가? 그건 아닌데."

그리 생각하던 스미스의 눈이 부릅떠졌다!

"말도 안 돼!"

스미스는 그리 말하며 뒤를 돌아봤다.

아무도 없었다.

하지만 불과 십여 분 전까지만 해도, 그는 1만 골드를 가질 수 있는 황금 같은 기회가 있었던 것이다.

그의 손이 그론드의 뒤통수를 세게 후려쳤다.

파악!

"아 진짜! 아무리 형님이라도 치받습니다!"

"오냐, 그래! 치받아라, 치받아! 네놈새끼가 10분만 먼저 왔어도 먼저 왔어도오오!"

"이, 이 양반이 왜이래!"

둘은 한동안 옥신각신 했다. 하지만 그럴 시간마저 모자라다는 것이 스미스의 생각이다.

스미스는 그론드에게 현상수배범을 놓친 이야기를 해 주었다. 그것을 들은 그론드가 눈을 부릅뜨며 입술을 덜덜 떨었다.

"그, 그그 그러면 지금이라도 잡아야죠! 아니, 제보해야죠!"

"하자! 제보하자!"

그들은 당장에 달려갔다. 그리고 자신들이 10만 골드의 현상수배범을 보았다고 상부에 보고했다.

하지만 그들에게 돌아간 것은 상이 아니라 벌이었다.

우선 확실한 제보이긴 했으나 그들은 영지에 소속된 공무원이었고, 발견하긴 했지만 영지 안으로 끌어들였기 때문이다. 전단지를 보지 못한 스미스로서는 억울한 일이었지만, 상급자는 그런 건 상관없다는 듯 스미스에게 감봉을, 덤으로 상습 지각범인 그론드에게도 감봉 조치를 했다.

그들로선 억울한 일이다.

하지만 상급자 입장도 난처했다.

"아 이 새끼들은 왜 우리 영지에 와서 지랄이래?"

상급자의 생각이었다.

그리고 어쩔 수 없이 알린다.

상급자의 상급자에게 말이다.

그러면 또 그 역시 그 상급자에게 깨질 것이 분명했다.

그래도 어쩔 수 없었다.

세상사라는 게 대게는 그렇게 돌아가는 법이니까 말이다.

그리고 결국 아를렌 백작령의 실무적 최고 상급자인 강철 기사단의 기사단장 온드에게까지 그 이야기가 들어갔다.

"흐음. 제이크라……."

온드는 침착했다. 제이크의 아성은 익히 들은 바 있었기 때문에 조심스럽기 그지없었다.

"하지만 힘이 능사는 아니지. 자기 집에서는 강아지도 한 수 더 먹고 들어가는 법인데."

온드의 입술이 한 쪽으로 씩 말려 올라갔다.

"원래 에리오르슈 가문이 제국의 자랑일 때부터, 제국은 그 가문을 통제하기 위해 여러 방법을 강구해 왔었지."

오히려 잘 된 일이다.

귀검사 제이크의 악명은 익히 들어왔지만, 위치 파악이 가능했고, 충분한 시간만 있으면 그를 잡을 방법은 분명 있었던 것이다.

"그렇지 않습니까?"

온드가 뒤를 돌아 누군가를 바라봤다.

그곳엔 고급스러워 보이는 초록색 로브를 눌러쓴 이가 있었다.

늙고 추레한 노인이었다.

초록색 로브 사이의 입꼬리가 씩 말려 올라갔다.

*   *   *

언제나 그렇지만 제이크가 가지고 있는 용병패는 몹시 유용했다. 충분히 수상해 보일 수 있는 비주얼(?)임에도 불구하고 금급 용병 패만 보여주면 경식 일행은 어디서든 어느 영지이건 간에 활보할 수가 있었던 것이다.

"이곳은 꽤나 번화하네요."

이전에 갔었던 영지와는 또 다른 느낌이었다. 일전에 있었던 영지가 약간 시골의 냄새가 났다면, 왠지 이곳은 화려하고, 마차도 많았다.

시장 통에는 소리 지르며 사고팔고 흥정하는 소리가 여기저기서 들려 왔다.

경식 일행은 도착하자마자 막힘없이 걸어 나갔다. 이 많은 사람들 중에 슈아라는 파란 머리 여자아이를 찾기란 쉬운 일이 아닐 수도 있었다.

말 그대로 '서울에서 김서방 찾기' 같은 것이니 말이다.

"뭐, 머리가 푸르니까 좀 더 쉬우려나?"

경식은 그리 말하면서 방향을 틀었다. 그 방향에 제이크와 구미호, 왕년 노인 역시 따라 이동했다.

경식이 이렇게 거침이 없는 이유는 사실 별것 없었다.

부모에게서 물려받는다는 유전자처럼 영혼 역시 부모에게서 물려받는 특유의 분위기가 있기 때문이다.

그 분위기를 띠는 것은 이 넓고 사람 많은 곳에서도 극히 드물었기에, 그 냄새를 찾아 돌아다니고 있는 것이었다.

구미호는 거침없이 걷고 있는 경식의 모습을 멍하니 바라보다 말했다.

[마치 수색견 같다, 수색견.]

그 말을 왕년 노인이 받았다.

—아아, 그 냄새 맡고 사람 찾는 그 수색견을 말하는 건가?

[이 시대에도 그런 게 있어? 하긴, 당연한 건가? 아무튼 쟤되게 냄새 맡고 여기저기 빨빨거리는 수색견 같앙.]

"……."

경식이 한숨을 내쉬며 뭐라고 말하려는 순간, 우뚝— 발걸음을 멈췄다. 영혼의 향기가 진하게 풍겨 오는 장소를 찾았기 때문이다.

"이곳 반경 50미터 안에 있어."

웅성웅성

애석하게도 이곳 역시 시장 통이었다.

여러 사람들이 오가고 있는 중이라 누가 누구인지 구별이 잘 안 간다.

"여기서 푸른 머리를 찾으면 될 것 같은데요?"

[자! 이제 우리가 나설 때구나!]

—흩어져서 찾아봅시다, 구 선생!

구미호와 왕년 노인이 흩어져서 사람들의 면면을 살폈다. 여자 위주로 찾아보았지만, 푸른 머리 여자는 도통 보이지 않았다.

"흠. 분명 이곳이 맞을 텐데……."

"주인님이 그리 말씀하시니 이곳이 맞겠지요! 저도 찾아보겠습니다!"

"아, 아니. 그러진 마세요."

찾는다는 것은 기웃거린다는 뜻이고, 2미터가 넘는 거구의 제이크가 사람들의 면면을 살피며 기웃거린다는 것 자체가 사람들에게 큰 부담을 줄 것이다. 굳이 그럴 필요가 없었다.

그때, 경식은 문득 바라본 벽에서 시선을 떼지 못했다.

그곳에는 낯익은 얼굴이 그려져 있었다.

"어디서 많이 본……?"

경식은 벽에 붙은 얼굴과 제이크의 얼굴을 번갈아 보았다. 그러고는 벽에 붙은 얼굴 아래에 쓰여 있는 글을 읽었…….

"아아, 나 글 못 읽지."

경식은 머리를 긁적이며 왕년 노인에게 읽어달라고 부탁했고, 왕년 노인은 허허롭게 웃으며 아무렇지도 않게 경악할 만한 진실을 말하는 것이었다.

—헐헐헐헐헐헐! 이것 참. 제이크, 자네 현상금이 10만 골드일세?

"호오."

제이크는 그것을 바라본 후, 피식 웃으며 로브의 후드 부분으로 자신의 얼굴을 가렸다.

"현상수배범이 되었습니다!"

"……뭐라고요!"

경식은 어이가 없어서 다시금 그것을 보았다. 이곳에 오래 있어서 그런지 숫자는 읽을 수 있게 되었다. 1부터 10까지의 숫자만 외우면 읽을 수는 있으니까 말이다.

2십만 골드.

1골드가 10만원이니,

10만 골드라면 10억쯤 되는 거액이었다.

그리고 그것이 제이크의 목 현상금으로 걸려 있다는 말이었다.

절대로 웃을 만한 일이 아니었던 것이다!

"이게 뭡니까! 우, 우, 우우우, 우리 지금 현상금 10억이 걸려 있다고요! 제보한 정보가 사실이기만 하면 1억을 준다는데 이건 엄청난 현상수배범이란 말입니다!"

아니. 도대체 왜!

경식은 방에 적힌 내용을 차근히 읽어…… 보려고 했지만 글을 몰라 읽지 못했다. 경식의 그런 마음을 알았는지, 왕년 노인이 큰 소리를 내어 읽어주기 시작했다.

—헐헐. 어디 보자……현상수배범 귀검사 제이크. 에리오르슈 가문이 망하면서 종적을 감췄던 살인귀. 최근 오테들 백작령에서 정규 기사단장 은빛 제비 리베르터와 부단장 신의 바람 드억스를 위시한 200명의 정규군과, 연금술사 길드를 포함한 100여 명의 경비병과 11명의 기사를 모두 도륙하고 도주했다고 하는군? 헐헐헐헐. 내가 왕년에 누명을 써서 50만 골드의 현상금이 잠깐 걸린 적이 있었는데, 그때가 생

각나는구먼. 헐헐헐헐! 그때는 지금보다 물가가 비쌌지. 헐헐!

왕년 노인의 설명에, 경식의 눈이 찢어져라 부릅떠졌다.

"우리 안 죽었잖아요! 그 키메라 새끼가 다 죽었잖아요! 그렇잖아요!"

[그러게 말이야? 이거 진짜 완전 어이없잖아?]

하지만 아무리 억울하다고 해서 그 억울함을 풀어줄 사람이 있는 것도 아니었다.

그럼에도 불구하고 억울한 건 억울한 것.

후드를 푹 눌러쓴 제이크가 허허롭게 웃으며 말했다.

"후드를 눌러썼으니 아무도 절 알아보지 못할 겁니다."

"······."

하지만 그런 것치고는 등 뒤에 메고 있는 그의 성명병기 소울이터가 눈에 너무 띄었다.

"아니, 충분히 조심해야 할 것 같은데요······."

경식이 그런 말을 하고 있을 때였다.

툭!

"어흣!"

누군가가 어깨를 치고 지나가는 바람에 경식의 몸이 뒤로 한 발작 물러났다.

뒤를 돌아보자, 초록색 로브의 후드를 푹 눌러쓴 누군가가 급하게 달려가며 소리쳤다.

"앞 좀 똑바로 보고 다녀."

"헐. 완전 얼척 없네."

[쟤 뭐야? 계집애 같은데 지가 알아서 갔다 박아 놓고는? 무슨 일이래? 야! 야 이 계집애야 서봐, 야!]

—헐헐헐헐. 구 선생. 그렇게 말한다고 우리말이 들리지는 않을 것 같소만?

"흐음. 뭐 그럴 수도 있지요."

경식은 그런 말을 하며 주변을 계속해서 둘러보려 했다. 그런데 이상하게도 가슴 한 편이 허전했다.

경식은 자신의 로브 속주머니에 손을 집어넣어 보았다.

허전했다.

"응?"

허전하면 안 되는데?

그거 제레노 집사의 쌈짓돈인데?

경식이 얼빠진 눈으로 뒤를 돌아봤다.

"너, 너어!"

후드를 눌러쓴 여자의 뜀박질이 점점 더 빨라지는 게 보였다.

"야! 저, 저! 잡자! 도둑이야! 소매치기야아아아아아!"

"그러어어언!"

순식간에 벌어진 일에, 경식 일행은 서둘러 소매치기를 쫓아갔다.

물론 소매치기는 보이지 않을 만큼 멀리 가 있었다.

제이크가 의리를 외치며 유령마 로열티를 사용하려 했지만, 이미 충분히 혹사당한 로열티는 그의 부름에 응답하지 못했다.

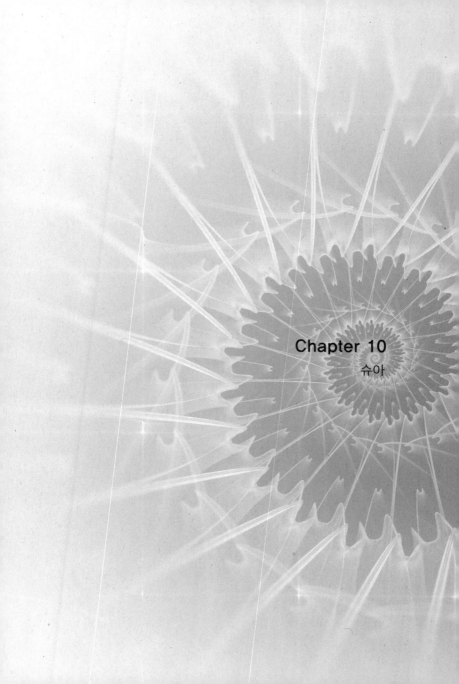

Chapter 10
슈아

"학. 하악. 학."

결과적으로 경식 일행은 소매치기를 몰아세우는 것에 성공했다.

하지만 그것에 따른 희생은 정말 상상을 초월하는 것이었다.

"세상에. 뭐 저런 녀석이 다 있지?"

경식은 어이가 없다는 듯 눈앞에서 헉헉대는 소매치기를 바라봤다. 초록 로브의 후드 부분을 푹 눌러쓴 그녀는 경식을 참 많이도 곤란하게 만들었다.

경식 일행이 저 소매치기를 잡을 뻔한 기회가 2번 있었다.

하지만 첫 번째는, 길을 가던 기사에게 달라붙어서는 곤경에 빠진 레이디를 연기했다.

"사, 살려 주세요. 괴한들이 쫓아와요!"

경식 일행에게는 운이 없게도 꽤나 공명심에 불타는 기사였다. 덕분에 검을 뽑아 들고 대치 상황에 놓였는데, 뒤늦게 쫓아오는 제이크를 보자 승산이 없다고 느꼈는지 소매치기에게 도망가라고 말하면서 경식 일행을 막아보겠답시고 달려들었다.

"하아앗!"

물론 운 나쁜 기사는 제이크가 어깨를 밀어치자 그대로 빙글 돌아 쓰러졌지만 말이다.

그녀가 두 번째로 잡힐 뻔했던 곳은 다름 아닌 대장간이었다.

그녀는 대장간 아궁이에 불을 지피려고 잔뜩 모아 놓은 장작더미를, 그것을 단단히 묶어둔 밧줄을 끊음으로써 말 그대로 '대장장이들이 공들인 장작의 탑'이 무너지게끔 만들었다.

와르르르.

그녀와 경식 일행과의 사이에는 거대한 장작의 바다가 우르르 쏟아졌다. 그리고 그것을 보고 있던 대장장이들이 어이가 없어서 입을 쩍 벌린 채 굳어버렸다.

"제이크! 저들을 도와주세요!"

제이크가 이를 악물며 외쳤더랬다.

"명령입니까!"

"네!"

"그렇다면 알았습니다!"

제이크는 경식 일행이 소매치기를 골목에 몰아 놓은 지금 이 순간에도 장작더미를 모으고 묶는 작업을 대장장이들과 함께 도우고 있을 터였다.

지금이 세 번째 기회였다.

절대로 놓치지 않으리라.

"야! 넌 뭔데 남의 물건을 훔쳐! 너 정체가 뭐야!"

그 말에, 여인이 어이없다는 듯 말했다.

"소매치기다."

"어? 어…… 어?"

"소매치기는 당연히 소매치기하는 것이야."

"아니 그게 뭐 당연한 건가? 음?"

경식이 고개를 갸웃하고 있을 때, 옆에 있던 구미호가 정신 차리라는 듯 말했다.

[야! 말려들면 어떻게 해!]

그 말에 경식이 정신을 붙잡았다.

"그거 되게 소중한 거야. 그것만 넘겨주면 없던 일로 해 줄게.”

소매치기는 전혀 동요 없이 바로 반박했다.

“이게 없으면 난 죽는다. 그렇다면 나에게 더 소중한 것 아니겠어?”

“으, 응?”

─동요하지 말게!

“그, 그렇죠! 됐고, 내놔. 그건 정말 소중한 거란 말이야!”

경식이 그리 말하며 앞으로 한 발자국 다가가자, 소매치기가 한 발자국 물러나며 말했다.

“나 같은 여자를 건드리려 하다니.”

“네가 먼저 나 같은 남자를 건드렸잖아!”

소매치기는 급기야 무릎까지 꿇었다. 그러고는 전혀 달라진, 정말 불쌍한 목소리로 말을 이어간다.

“제발 도와줘.”

“……?”

“홀아버지가 계시는데, 무척 아프셔. 그래서 내가 나와서 돈 벌어야 돼.”

“그, 그럼 착실하게 벌면……!”

“흐흑.”

터져 나오는 울음소리. 저것은 말 그대로 진짜 울음소리였다.

"어, 어어. 야. 으음."

경식이 어찌 할 바를 모르고 있을 때, 옆에서 구미호가 답답하다는 듯 소리쳤다.

[뭐 하고 있어, 자식아! 저딴 개수작 감성팔이에 놀아날 거야! 놀아날 거냐고!]

"아, 으음. 그래! 네 말이 맞아!"

경식은 다시금 마음을 다잡고 앞으로 걸어갔다.

하지만 소매치기 역시 시간을 벌기 위함일 뿐, 딱히 자신이 한 감성팔이에 모든 것을 건 것은 아니었다.

후드에 가려진 탓에 겨우 보이는 그녀의 입이 한 쪽으로 씩 말려 올라갔다.

그 자그마한 입이 열린다.

홀드퍼슨!

쭈아앙!

"으, 윙?"

경식의 몸이 갑자기 차렷 자세가 된 채 알 수 없는 힘에 포박되어 버렸다. 억지로 모아진 양 발을 서투르게 놀렸다면 한 쪽으로 쓰러질 뻔했다.

"이, 이게 무슨 짓…… 아니 그게 아니라 이게 어떻게 한 짓이야!"

소매치기 소녀가 빙긋 웃었다.

"마법이다."

그것을 보고 있던 왕년 노인이 어이없다는 듯 말했다.

―헐헐. 도둑질을 하는 마법사라니! 애당초 그게 가능한 것인가! 왕년보다 지금의 마법사 사정이 더 안 좋아진 건가!

그러는 와중에도 그녀는 착실히 담을 넘어 도망가려 하고 있었다.

"어, 어어! 도, 도망 가지마! 거기 서!"

"서란다고 서면 그게 소매치기야?"

"……."

소매치기의 말에 경식은 할 말이 없었다. 어쨌든 그녀를 잡아야 했고, 경식은 억지로 힘으로 풀면 되겠지 생각하며 눈을 감았다.

'내 부름에 누가 응해 줄래?'

[취이이익! 그렇게 쉽게 나의 힘을…….]

[내가. 가지.]

[취, 취익!]

붉은 어금니가 자진해서 경식의 몸에 힘을 불어넣었다.

다시 뜬 경식의 눈동자가 노란색으로 물들었다. 몸의 겉 표면엔 노란색 반투명한 영혼의 갑옷이 빠르게 덮어씌워졌다.

갑옷이 덮어씌워지며, 경식을 옥죄던 무형의 기운이 느슨

해진 것을 느낄 수 있었다.

힘을 주자 투둑! 하는 소리와 함께 기운이 날아갔다.

"뭐, 뭐지!"

그 광경을 본 소매치기가 까무러치게 놀랐다.

저것이 저렇게 쉽게 풀리는 마법이 아닌 탓이다.

경식이 이를 악물며 경고했다.

"지금이라도 서면 죄를 묻지 않겠…… 야! 야! 서라고, 야 아아!"

소매치기는 경식이 그러건 말건 우선 도망가고 보자는 심보였다.

하지만 그것을 경식이 그냥 놔둘 리 없었다.

"나는 분명히 서라고 했었어. 날 탓하지 마라!"

큰 숨을 들이켠 경식이 한 방향으로 내뱉었다.

붉은 어금니의 채취공격이었다.

스아아앗!

물론 정도를 조절한 탓에 채취의 색깔은 약간 누런 정도였지만 무겁지 않은 채취인 탓에 속도는 더욱 빨랐다.

누런 수증기가 소매치기에게 폭사되었다.

"으, 우읍?"

소매치기에게 신호가 오기 시작했다. 역겨운 냄새가 코를 찌르며 미칠 듯한 구역질을 유발했다.

"프, 플라⋯⋯이잉⋯⋯."

소매치기는 갑자기 허공에서 또 한 번 도약을 하려는 듯 몸을 뻗었지만, 곧 붕 뜨던 몸이 땅으로 떨어져 내렸다.

경식이 그걸 보고 눈을 부릅떴다.

벽 꼭대기의 높이가 3미터다.

저기서 머리부터 떨어지면 죽을지도 몰랐다.

경식이 몸을 날려 그녀를 받았다.

푸아악!

슬라이딩을 한 탓에 몸이 땅에 긁혔지만 금방 재생이 되었다.

소매치기가 이를 악물며 경식을 노려봤다.

"또, 똥 덩어리 새끼."

"⋯⋯."

그녀는 그 말을 끝으로 정신을 잃었다.

하지만 경식은 그런 그녀에게 해코지를 할 수 없었다.

그녀의 얼굴을 가리고 있던 초록색 로브의 후드 부분이 젖혀진 것이다.

[파란 머리지?]

─그, 그러네. 파란 머리로군.

그녀는 16살쯤 되어 보이는 소녀였는데, 그 정도면 제레노 집사가 말했던 자신의 집사의 딸인 슈아가 맞을 것이다.

게다가…….

"집사와 영혼의 냄새가 비슷해."

정확했다.

눈앞의 소매치기는 그들이 찾아 헤매던 푸른 머리의 소녀, 슈아였던 것이다.

＊　　＊　　＊

대장장이들과의 의리를 다진 제이크가 경식이 있는 곳으로 돌아왔다.

그리고 확신을 가지게 해 주었다.

"으음! 저 잔망스러운 것은 슈아 녀석이 확실합니다!"

"흐음. 역시로군요."

경식은 그리 말하며 슈아라는 소녀를 차분히 보았다.

전체적으로 예쁜 얼굴이다.

뭐랄까, 되게 표독스러워 보이고, 안경이 잘 어울릴 것 같았다. 16세 나이로는 보이는데, 왠지 분위기가 좀 겉늙어 보인다고나 할까? 얼굴에 주근깨가 있는데, 그게 미모에 전혀 흠을 주지는 않았다.

키는 162정도 되었을까?

가슴은 크지 않지만 균형 잡힌 몸매라 4년 후가 기대되는······.

[경식아.]

"으, 응?"

[너 겁나 추악하고 더러운 생각 하고 있지.]

뜨끔!

경식은 눈을 부릅뜨며 고개를 저었다.

"아, 아니! 아닌데!"

[아니면 아니지 왜 그렇게 소리를 쳐?]

"아, 아니니까?"

[강한 부정은 강한 긍정이란 말도 못 들어 봤엉?]

"드, 들어본 것 같지만 내 경우는 아닌 것 같기도 하고······."

[누가 봐도 딱 맞는 것 같은뎅? 저 계집애가 나보다 예쁘다 이거지?]

그런 말은 한 적 없는데?

경식은 머리를 긁적이며 그렇지 않다고 번복하려다가, 그렇게 말하면 구미호가 또 기고만장해질 것 같아서 입을 다물어 버렸다.

[뭐야. 대답이 없는 걸 보니 진짜 그런가봐?]

평소와는 달리 정색하고 싸늘한 목소리다.

경식이 말을 잘 해야겠다고 생각하며 고민하고 입을 열 때였다.

"으으으으음."

그녀. 슈아가 눈을 떴다.

그리고 눈을 뜨자마자 화들짝 놀라는 대신, 다시금 눈을 감아버렸다.

"흠냐. 흠냐냐냐."

……

경식은 이 상황이 도대체 어떤 상황인지 이해가 가질 않았는데, 반대로 그녀를 많이 봐 온 제이크는 그렇지 않은 모양이었다.

"잠꼬대인척 해 봤자 일어난 거 다 안다."

"……?"

왠지 낯익은 목소리였나 보다.

슈아는 눈을 떴고 옆에 있던 제이크와 눈이 마주쳤다.

"제, 제이크 아저씨?"

"흠! 기억하는구나."

"……기억하죠. 기억하고말고요."

슈아는 그리 말하며 자리에서 일어났다. 그러고는 모두를 뚫어지게 바라봤다.

그녀가 경식을 바라보며 말했다.

"이게 어떻게 된 상황이지?"

그 말에, 경식이 어이가 없다는 듯 말했다.

"우선 우리는 너를 찾고 있었어."

"왜?"

"사령의 보구를 네가 가지고 갔다고 들어서 말이지."

"사령의…… 보구?"

슈아는 고개를 갸웃했다. 사령의 보구가 무엇인지 모르는 것 같았다. 가만히 듣고 있던 제이크가 심드렁하게 말했다.

"흑단목으로 짜인 상자를 은신처에서 가지고 나가지 않았더냐?"

그제야 슈아가 알아들었다는 듯 고개를 끄덕였다.

"아…… 그거 말하는 거예요? 그게 되게 중요한 건가 봐요?"

슈아의 눈이 반짝였다.

"비싼 거예요? 팔면 얼마나?"

그 말에 제이크의 불호령이 떨어졌다.

"가문의 일에 이리도 관심이 없다니! 아니 그 중요한 게 뭔지 몰랐단 말이냐!"

"가문? 아아, 에리오르슈 가문이요? 그거 망했잖아요."

그 말에 제이크의 눈이 더욱더 부릅떠졌다.

"망하다니. 망하다니!"

"망한 걸 망했다고 하지 그럼 흥했다고 해요? 그리고 그게 내 가문이에요? 아버지의 가문은 다른 가문이었다고 들었어요."

"너도 가문의 사람이다!"

"흥! 가문은 무슨. 그럼 저는 에리오르슈 슈아이고 아버지는 에리오르슈 제레노인가요? 아니잖아요? 성도 안 붙여주면서 얼어 죽을 놈의 가문? 그나마도 망했으면서?"

"이, 이이! 이이이이!"

제이크는 '저것을 당장에라도 베고 싶다'는 표정을 아주 잠깐 지었지만, 제레노의 딸이기 때문에 그러지도 못하고 이를 악물 뿐이었다.

슈아는 불 난 집 같은 제이크의 성미를 더더욱 건드렸다.

"그렇게 보시면 어쩔 건데요? 때리려고요? 어디 한번 그래 봐요! 나 이제 무서울 거 하나 없는 사람이야!"

"끄, 끄어어어!"

급기야 제이크는 얼굴이 새빨개진 채 자신의 뒷목을 잡았다.

그럼에도 슈아는 멈추지 않았다.

"그리고 제이크 아저씨도 그래요. 무슨 의리니 근성이니 하면서 지금껏 이뤄놓은 것도 없잖아요? 무식하게 검만 휘두르면 뭐해요? 그렇게 몇 년 동안 동분서주해서 가문이 일어나기라도 했어요? 조금 더 생산적인 일을 하세요. 죽은 가문은 살아나지 않아요.”

“너, 너…… 너어어어!”

제이크의 얼굴은 홍당무처럼 빨개졌다.

그것을 보던 구미호와 왕년 노인이 뜨억한 표정을 지었다.

[와. 지금 저 계집애 말 하는 거 봤어? 제이크가 정말 찍소
리도 못하네?]

―그, 그러게 말이오. 제이크 성격에 저 정도 들었으면 여
자건 남자건 가릴 것 없이 혼쭐을 내줬을 것 같았는데 말이
야.

“끄으으으. 집사와의 의리만 아니었어도. 그것만 아니었어
도……!”

“아버지랑 아저씨랑 다 똑같아요! 이제 그만 정신 차리고
자기 살 궁리나 하라고요! 아저씨는 떠돌이가 됐고, 아버지는
도망 나올 때 얻은 상처 때문에 치료가 필요한 상황인데……
어휴…… 그러는 난 뭘 하고 있는 건지.”

슈아는 마른 한숨을 푹 내쉬며 자리를 털고 일어났다.

그러고는 경식에게 주머니를 내밀었다.

“이거, 얼마 들어 있지도 않지?”

“얼마인지 확인 안 해봤어.”

“뭐야. 원래 가지고 있던 게 아니라 누구에게 받은 것처럼
말하네?”

"네 아버지한테 받은 거야."

"……?"

그 말을 들은 슈아가 고운 아미를 찌푸리며 주머니를 열어 보았다. 그곳에는 20개의 금화가 짤랑거리고 있었다.

경식도 꽤 놀랐다. 이렇게 많이 들어 있을 줄이야? 금화 20개면 이곳의 물가를 한국 돈으로 환산했을 때 200만 원 정도의 금액이 나온다.

결코 적은 액수가 아닌 것이다.

거기까지 들은 슈아가 어이가 없다는 듯 툴툴 웃었다.

"돈 없다고 그렇게 잡아떼더니…… 가지고 있었구나. 자기 몸 챙길 줄도 모르면서, 못 찾을 정도로 잘도 숨겨놨었네."

힘없이 그리 말한 슈아가 경식을 정면으로 주시했다.

"그럼 너는 누군데?"

"너라니! 예의를 갖추어라! 그분은 우리 주인님이시다!"

"……주인님이요?"

슈아가 눈살을 찌푸리며 되묻자 제이크가 상황을 설명했다. 경식이 어떠한 인물이며, 앞으로 어떻게 해나갈 것인지도 함께 설명했다.

제이크의 불친절한 설명에도 그녀는 고개를 끄덕이며 들었다.

그리고 한마디로 일축했다.

"멍청한 짓을 하는 사람이 하나 더 늘었네요."

"노오오오오옴!"

제이크가 참지 못하고 슈아에게 손을 들었다.

자칫 하면 때리겠다는 의미다. 하지만 그녀는 눈 하나 깜짝 하지 않으며 말했다.

"왜요. 때리게요? 그 솥뚜껑 저리가라 하는 손으로 제레노 집사의 딸인 저를 때리시겠다고요? 어디 한 번 그래보시죠? 해봐요, 해봐!"

"……끄으으윽!"

제이크가 다시금 뒷목을 잡고 앓는 소리를 해댔다.

경식은 한숨을 푹 내쉬며 콧방귀를 귀어대는 슈아에게 다가가 말했다.

"왜 이곳에서 소매치기를 하고 있는 거야?"

"돈이 필요하니까."

"돈은 왜 필요한데?"

"우리 아버지 보고 왔다고 하지 않았나? 에리오르슈 가문 망할 때 도망치시다가 독에 당하셨는데, 그 독이라는 게 치료가 불가능한 독이라서 계속 몸이 쇠약해지셔, 약을 드시면 그나마 상태가 좋아지셔서 약을 계속 복용해야 해. 그래 봤자 독의 진행속도를 억제하는 수준이야. 그러니까 아버지의 몸을 고치려면, 200년 정도는 묵은 만드라고라가 필요해. 그게 아니면 전설에나 나오는 엘릭서라든가. 우선 200년 묵은 만드라고라는 희귀한 영물이라 구하는 것도 힘들지만, 매물이 나왔다 해도 그 가격이 엄청나. 1천 골드라니. 난 그 1천 골드를 모아야 돼. 나는 돈이 필요하다고."

"으음……."

경식의 표정이 상당히 괴롭다는 듯 일그러졌다.

"그렇구나. 우선…… 아버지에게 그래도 가보는 게 좋을 것 같아."

"독을 억제시키는 억제제를 한 달 치 사놨어. 아껴 드신다면 2달은 버티실 거야. 아직 난 돈을 못 구했고, 1달 반이라는 시간이 지났어. 그러니 남은 보름 안에 어떻게든 해야 돼."

표정 하나 안 바뀌고 속사포처럼 말이 쏟아지자 경식은 정신을 차릴 수가 없었다.

"그, 그렇구나."

"아버지…… 많이 안 좋으셔?"

안쓰럽게 일그러지는 슈아의 얼굴을 바라보며, 경식이 씁쓸하게 고개를 끄덕였다.

"가보면 알 거야."

"많이…… 안 좋구나. 가야……겠네."

슈아는 힘없이 말하며 한숨을 푹 내쉬었다.

그런 슈아에게는 미안하지만, 달라고 할 건 달라고 해야 했다.

"으음, 미안한데 그…… 사령의 보구는 가지고 있니?"

그 말에, 슈아가 한숨을 내쉬며 고개를 끄덕였다.

"묵고 있는 여관에 있어. 가지고 와야 해."

"그럼 이곳에서 기다릴 테니까 빨리 가져와 줄래? 우리가 그리 여유부릴 수 있는 상황이 아니라서 말이지. 현상수배범이 되었으니……."

경식은 그리 말하며 현상수배범이 된 제이크를 바라봤다.

제이크는 그 시선에 빙긋 웃기만 할 뿐, 전혀 현상수배를 당하여 충격을 먹은 얼굴이 아니었다.

"흥! 그쯤은 근성으로 버팁니다!"

"아놔! 그런 근성 혼자 있을 때나 부리세요! 그나저나 정말 지금 생각해도 웃기네. 우린 죽인 적도 없는데, 다 죽인 거로 나와서는……."

경식이 한숨을 내쉬며 그리 말하자, 듣고 있던 슈아가 고개를 갸웃했다.

"현상수배?"

"아아, 정말 억울한 일이 있었거든?"

경식이 연금술사 길드에서 있었던 일을 간단하게 설명했다. 물론 굳이 말할 필요가 없는 부분들은 빼고, 기사들을 제압한 후 그냥 떠났다는 식으로 이야기를 끝냈다.

"그런데 갑자기 그들을 모두 내가 죽였다고 공표하고 현상수배범으로 만들었다. 뭐, 상관없다만!"

"아아…… 그렇구나."

슈아는 건성으로 고개를 끄덕인 후 재빨리 뒤돌아 걸어갔다.

"시간 얼마 안 걸려. 1시간? 그동안 잘 기다리고 있든지 해."

그러고는 슈아가 휘적휘적 사라졌다.

그 모습을 보며, 경식이 머리를 긁적거린다.

"뭐지. 어린데, 어린 티가 잘 안 나는 여자애네."

"잔망스러운 것! 하지만 불쌍한 녀석입니다. 너무 미워하지 마십쇼!"

제이크의 목소리에는 왠지 모를 따듯함이 들어 있었다.

경식은 그런 제이크를 보며 픽 웃었다.

구미호가 그런 제이크를 비꼬았다.

[못 잡아먹어 안달인 건 제이크 같은데?]

—방금 전 손 올라간 것까지 보았네. 잘하면 한 대 치겠던데 말일세?

"지, 집사와의 의리가 있지! 절대 그럴 일. 없다!"

"뭐, 우선 죽치고 기다려야겠네요."

경식은 벽 주위에 아무렇게나 앉았다. 제이크가 그런 경식을 굳이 호위하겠답시고 서성거렸다.

왕년 노인은 자신 역시 누군가를 2시간 넘게 기다린 적이 있는데 그러다가 적이 습격해 와서 곤란했었다고 허풍을 늘어놓았고, 구미호는 그런 왕년 노인의 허풍에 콧방귀를 뀌었다.

하지만 왕년 노인의 말이 씨가 되었나 보다.

한 시간 좀 안 되게 기다린 것 같은데, 일단의 무리들이 골목으로 들어오는 것이 보였던 것이다.

Chapter 11
사령의 팔찌

　골목길이라고 말하긴 했지만 여덟 명이 나란히 걸어가도 될 정도였으니 꽤나 넓은 곳이었다.

　그곳에 중무장을 한 15명의 기사들이 2열로 서서 경식 일행을 향해 다가왔다.

　한 명이 나와서 검을 들어 제이크를 가리켰다.

　"그대는 제이크인가."

　상황이 어떻게 돌아가는지 알게 된 제이크의 입꼬리가 씩 말려 올라갔다.

　"내가!"

　—제이크다아아아!

우르르릉!

마지막 말에는 소울 에너지가 잔뜩 실려 있었다.

가라앉아 있던 흙과 먼지들이 피어오를 정도로 강한 압력이 사방으로 뿜어져 나왔다.

기사들 역시 주춤 뒤로 물러났다.

그리고 뒤로 물러난 그들의 방패에는 어느새 다가온 제이크의 소울이터가 날아가 박혔다.

꽈앙!

정확히 다섯 명의 방패를 거대한 도끼가 찍어버린 듯한 자국과 함께 15명의 기사가 한꺼번에 뒤로 밀려났다.

이게 한 객체가 뿜어낸 힘이었다.

'진다.'

'보통이 아니야!'

모두가 그런 생각을 했고, 기사단장인 온드가 가장 절감했다.

하지만 이대로 물러나려면 애초에 오지도 않았다.

온드가 씩 웃음을 흘렸다.

"과연. 명성대로로군. 그대는 왜 이곳에 왔는가!"

그 말에, 옆에서 보고만 있던 경식이 외쳤다.

"그! 현상수배범이긴 합니다만 저희가 그 사건을 일으키진 않았습니다. 그건 다 오해예요!"

"너는 누구지? 한패인가?"

그 말에, 경식이 손사래를 쳤다.

그런데 한 패 맞았다.

"마, 맞네요 제가 한패입니다. 예."

"그러면 네놈은 현상금이 걸려 있나?"

"그건 아닙니다만. 아까도 말씀드렸지만 오해라고……."

"그것은 영주님께 직접 너희를 아뢴 다음 물어야 할 일이
다. 너희가 결백하다면 순순히 우리에게 진압당해라."

사뭇 정중한 어조였지만, 듣고 있는 구미호의 생각은 그렇
지 않았다.

[저거 분명 새빨간 거짓말이야.]

─헐헐. 왕년 경험을 통 털어 봐도 거짓말이 맞소. 저 녀석
은 지금 거짓말을 하고 있소.

"……."

너무 당연한 말을 가르치듯 말하니까 경식은 어이가 없었
다.

제이크가 씩 웃으면서도, 한숨을 푹 내쉬었다.

"그렇게 의리를 강조했거늘. 그 꼬마 계집 녀석!"

"예? 슈아를 말하는 거죠? 하긴, 걔가 올 때까진 기다려
야……."

"안 옵니다."

"······예?"

"확실합니다. 녀석은 의리가 없어요!"

"아니 의리가 없는 것과 이것과는······ 아!"

경식은 이제야 제이크가 무슨 말을 하려는 건지 알 수 있었다.

그래, 상식적으로 생각을 해 보았을 때, 병사도 아니고 기사 15명이 떡하니 진을 치고 다가온 것은 우연치곤 너무 절묘하다.

분명 누군가가 자신들의 위치를 알렸을 것이고, 그것은 바로 조금 전 보았던 슈아일 것이다.

거기까지 알아들은 구미호의 여우 불 색깔이 짙은 푸른색으로 물들었다.

거짓말을 하거나 화가 났을 때 보이는 현상이었다.

[내가 그 빌어먹을 계집애 맘에 안 든다고 했어, 안 했어! 완전 호구잖아 이건! 꺄악! 그 계집애 얼굴 반반할 때부터 알아봤어야 했어! 너! 나로는 부족한 거야? 그래서 그렇게 개를 기다렸지! 그치!]

"아니 화내는 핀트가 어긋났잖아, 이 불여시야!"

[꺄아아악!]

히스테릭한 비명 소리를 뒤로하고 왕년 노인이 말했다.

—우선 이곳을 빠져나가는 게 좋지 않겠나? 내 왕년 경험

이 아니더라도 그냥 가는 게 가장 좋은 방법일 것 같아서 하는 말일세.

"그렇긴 한데…… 으음, 그래요. 우선 여기서 빠져나가고 생각을 해봐야 할 것 같네요. 그렇죠 제이크?"

"크응. 그래야 할 것 같습니다."

이유야 어찌 되었건 빠져나가는 것은 그리 어렵지 않았다. 골목길이긴 하지만 경식 역시 힘이 있었고, 제이크는 말할 것도 없다. 칼질 한 방에 다섯 명의 기사를 뒤로 날려버릴 정도면 도망가는 건 어렵지 않을 터였다.

하지만 그것을 모르고 온 온드가 아니었다.

"호오, 도망을 가시겠다? 그게 그렇게 쉽게 될까?"

온드의 말이 끝나기가 무섭게 기사 한 명이 누군가를 데려왔다.

경식 일행이 익히 아는 소녀.

슈아였다.

그녀는 기다란 푸른 머리카락을 쥐어 잡힌 채, 온드에게 끌려 나왔다.

"끄윽!"

"하하하하! 이 녀석, 네놈들에게 소중한 녀석인가?"

그걸 보고 경식은 어이가 없었다.

"야! 왜 너는 잡혀 있는 거야!"

"……그, 그게…… 꺄악!"

슈아는 무슨 말을 하려고 했지만 온드가 손날로 그녀의 뒷목을 후려쳤다. 그러자 그녀가 고개를 푹 숙인 채 쓰러졌다.

"무슨 말이 필요할까? 순순히 우리에게 투항해라. 그렇다면……"

"네노ㅇㅇㅇㅇㅇㅇ옴!"

제이크의 주변에 갈색 아지랑이가 불길처럼 치솟아 올랐다.

슈아더러 의리가 없다 뭐다 하더니, 또 그녀가 위험에 처하자 눈에 뵈는 게 없는 모양이었다.

"네놈이 근성 있는 남자라면 여자 뒤에 서지 말고 나와 내 칼에 짓뭉개져라!"

아니 짓뭉개지라는데 나올 사람이 있나?

역시 온드는 피식 웃으며 고개를 회회 저었다.

"흥. 그런 도발에 걸릴 것 같았나 보군. 미안하지만 난 그럴 생각이 없는데?"

웃는 모습이 사뭇 비열하게까지 보인다. 제이크가 분에 못 이겨 한 발자국 내딛자, 온드는 검을 들어 슈아의 고운 목에 들이민다.

제이크가 이를 갈면서도 앞으로 나오지 못하는 이유였다.

경식이 한숨을 내쉬며 한 발자국 나아갔다.

"아아, 정말. 아니라는데도 그러세요."

"그것은 따라와 보면 알겠지. 그것을 가리기 위해서라도 순순히……."

"지금 따라가면 가둬 놓고 물고문 시킬 거잖아요?"

"흘흘흘. 때에 따라서는 그러겠지."

"아 정말, 그러면…… 하. 하아아아?"

경식은 갑자기 말을 하다 말고 입을 벌린 채 허공을 응시했다.

그의 코는 쉴 새 없이 벌렁거렸고, 표정은 뭔가 시원할 듯 말 듯한 표정이다.

그리고 그 표정을 보는 모두가 공감했다.

아아, 저 표정 알고 있었다.

'기침이 나올랑말랑 하는 그 표정!'

온드의 생각이었다.

그리고 모두의 생각이기도 했다.

분위기와는 맞지 않지만, 경식은 갑자기 기침이 나올랑말 랑 한 상태가 되어 버렸다.

모두가 조마조마하는 그 표정.

웬만큼 원수가 아닌 이상에야 아무리 악인이라도 그가 시 원하게 재채기를 하기 전까지는 숨죽이며 기다려 주는 예의

로운 그런 표정.

아니, 그렇다기보다는 좀 시원하게 재채기를 해야, 보는 자신의 마음이 편할 것만 같은 그런 모두의 표정!

그렇게 적이고 아군이고 모두가 그 표정을 지켜보고 있었다.

경식은 눈가에 눈물이 고일만큼 재채기를 하려고 엄청나게 집중 중이었다.

모두의 손에 땀이 쥐어지는 순간이기도 했다!

그리고 나오는 시원한 재채기.

경식의 눈동자가 검은 색이 아니라 회색이 된 것은 기분 탓일까?

"애애앳취이!"

그리고 그 기침에서 엄청난 충격파가 쏟아져 나가, 경식의 재채기에 안도하고 있던 온드의 면상을 그대로 후려갈겼다.

팍!

그것은 주먹을 풀 스윙으로 얻어맞은 것만큼이나 아픈 것이어서, 한동안 정신을 차리기 힘들다.

"지금이다!"

경식이 재빨리 달려가 온스가 놓아 버린 슈아의 몸을 받은 후 뒤돌아 냅다 뛰었다.

물론 등 뒤로 정신을 차린 온스가 검을 찔러 왔고 그것이 경식의 등에 그대로 박혀 들어갔다.

바로 그때, 경식의 등에 반투명한 회색 피부가 덧씌워지는 듯하더니 온스의 검을 튕겨 냈다.

깡!

제자리에 돌아온 경식이 안도의 한숨을 내쉬었다.

그녀를 구한 것이었다.

"후아!"

경식이 그녀를 데려오자 제이크가 슈아의 어깨를 잡았다.

"괜찮냐! 괜찮은 게냐! 괜찮다니 다행이다아아아!"

흔들흔들흔들!

"……."

제이크 나름대로의 애정표현방식인 모양이었다. 그리고 아무리 기절을 하고 있었다고는 하여도, 이렇게 흔들어 대는데 깨어나지 않을 리가 없었다.

깨어난 슈아가 주변을 둘러보더니, 경식을 응시했다.

"제법 하네?"

경식이 피식 웃으며 고개를 끄덕였다.

"우선 이곳을 빠져나가야 할 것 같지? 사령의 보구는 가지고 왔겠지?"

그 말에 슈아는 싱긋 웃어 보일 뿐이다.

그녀의 시선이 제이크에게로 향했다.

"붙잡혔을 때 그렇게 격하게 반응해 주실 줄은 몰랐네요, 아저씨."

"……어흠! 흠! 집사와의 으리 때문에 어쩔 수 없었다!"

슈아는 빙긋 웃더니 그런 제이크에게 윙크를 했다.

그러더니 제이크를 와락! 하고 껴안았다.

제이크가 슈아의 이상행동에 눈만 껌뻑이는데, 제이크에게 얼굴을 파묻었던 슈아가 빠끔히 고개를 들더니 상큼하게 말한다.

"그럼 이것도 애교로 받아줘요. 어차피 제이크 당신. 나중에라도 빠져나갈 수 있잖아요? 당신이라면."

"……!"

"스승님!"

슈아가 신호를 보내자, 그 신호에 응답이라도 하듯 건물 위쪽에서 강한 외침이 들려 왔다.

킬링 소울!

"……!"

그 말에, 언제나 평정심을 잃지 않는 제이크가 눈을 찢어져라 부릅떴다.

"이, 이런!"

꽈아아악!

제이크의 반항을 예상했는지 슈아가 그의 허리를 꼬옥 끌어안았다.

이런 것으로 제이크를 어떻게 할 수 있을 리가 없어야 정상
이다.

하지만 슈아의 손에는 회색의 반투명한 돌이 하나 들려 있
었는데, 이것을 제이크의 몸에 갖다 대자 제이크가 맥을 추지
못하는 것이었다.

물론 죽일 기세로 후려치면 나가떨어지겠지만, 제이크는
슈아에게 그럴 수가 없었다.

"끄으으으!"

제이크가 갑자기 한쪽 무릎을 꿇었다.

동시에 그의 머리 위로 백색의 기둥이 뚝 하고 떨어졌다.

쭈우웅.

"크아아아아악!"

제이크가 지금껏 단 한 번도 보여준 적이 없었던 괴로운
표정과 비명을 지르며 무릎을 꿇었다.

그리고 그것은 경식 역시 마찬가지였다.

갑자기 온몸의 힘이 빠져나가는 듯한 느낌을 받으며 무릎
을 꿇을 수밖에 없었다.

뭔가,

숨겨왔던 자신의 모든 것이 빨려 나가는 듯한 느낌이었다.

소울 에너지 자체가 빠져나가고 있다는 뜻이었다.

그리고 사정은 구미호나 왕년 노인 역시 마찬가지였다.

[모, 몸이 움직이질 않아!]

—뭐, 뭔가 이대로라면…… 나 자신을 유지할 수가 없을 것 같은 느낌이……! 와, 왕년…… 왕년…….

왕년 이후에 말을 잇지 못하는 걸 보니 왕년에도 이런 상황은 없었던 모양이다.

경식은 이를 악물며 슈아를 바라봤다.

슈아 역시 괴로운 표정을 하고 있었는데, 경식이나 제이크보다는 고통스러워 보이지는 않았다.

오히려 괴롭다기보다는 미안한 표정이다.

"괘, 괜찮으냐는 물음 같은데, 난 소울에너지를 배웠지만 사용한 적은 없어. 너희처럼 귀신을 보는 스타일이 아니거든."

"……."

"그래서 난 마법을 배웠어. 아주 열심히. 나이 16살에 4클래스 마법사가 되는 건 정말 100년에 한 번 나올까 말까 한 재능이야. 난 마법에 빠져 살았어. 그런데 그러다가 집안이 망했어. 에리오르슈 가문이 망하면서 집사인 아빠까지 도망쳐야 했어. 나도 도망쳤어. 촉망받던 나는 스승님께 버림받고…… 마법사 신분도 박탈당했어."

"끄윽!"

경식은 뭐라고 말을 하고 싶었지만, 떨어져 내리는 빛기둥의 압력을 이기지 못하고 무릎을 꿇어야 했다.

"아빠는 아프고, 난 돌아가야 돼. 돈을 가지고. 마탑에는 200년 묵은 만드라고라도 재료가 가득 쌓여 있어. 처음엔 사옥 안의 가구들을 가지고 가서 팔거나 한 후에 도박으로 돈을 벌어보려 했지만…… 역시 티끌은 모아도 티끌이더라. 더 큰돈이 필요했어요, 제이크 아저씨. 미안해요."

"흘흘흘흘. 아주 현명한 선택이구나."

슈아의 말이 끝나기가 무섭게 건물 위에서 누군가가 모습을 드러냈다.

고급스러운 로브를 입고 있었는데, 슈아가 걸치고 있는 로브와 똑같은 초록색의 로브였다.

예전, 슈아의 스승이었던 마이스터 백작이었다.

그는 제이크와 제이크가 메고 있는 소울이터를 바라보며 득의에 찬 웃음을 지어 보였다.

"흘흘. 저 소울이터라는 녀석. 예전부터 참으로 연구해 보고 싶었던 녀석이란 말이야. 어이, 제이크. 잘 있었나?"

제이크의 눈이 찢어져라 부릅떠졌다.

"……마이……스터……!"

화아악!

제이크의 몸에서 갈색 아지랑이가 다시금 불처럼 타올랐

다.

"끄으으으!"

그 서슬에 놀란 마이스터가 눈을 부릅뜨며 들고 있던 지팡이를 꽉 쥐었다.

"슈아! 뭐하느냐!"

"……!"

마이스터의 호통을 들은 슈아가 이를 악물며 손에 들고 있던 반투명한 회색 보석을 제이크의 가슴이 아닌 이마에 가져다 대었다.

쓰으으으!

"……!"

그리고 입을 달싹거리며 스펠을 외우자, 빛기둥의 크기가 좁아지며 제이크만을 집중적으로 난타했다.

덕분에 경식은 숨을 돌릴 수 있었지만, 제이크는 더더욱 핀치에 몰린 듯 힘을 쓰지 못했다.

제이크는 쓰러지기 전에 슈아를 바라본 후, 이를 악물며 화를 눌러 삭인 다음 말했다.

"못난……것!"

쿠웅!

제이크가 쓰러졌다.

"하아아아아아……."

슈아의 입술에서 마른 한숨이 쉬어졌다.

슈아의 도움을 받아 제이크의 포획(?)에 성공한 마이스터와 온드의 입가에는 사악한 미소가 가득 자리 잡았다.

"이제 끌고 가는 일만 남았군요."

"잘 했다, 나의 못난 제자야."

"……."

온드는 쓰러져 있는 제이크보다는, 빈사상태에 빠진 경식에게로 다가갔다.

그리고 징이 박힌 군홧발로 경식을 걷어찼다.

빠악!

아무래도 조금 전 방심한 차에 경식에게 당한 것을 앙갚음하려는 듯했다.

"이런."

파악!

"개."

퍽!

"똥파리 같은 새끼가아아!"

뻐아아악!

"끄억!"

경식이 피를 뿌리며 쓰러졌다. 쓰러지면서도 슈아를 계속해서 노려봤다.

"그럼 잡혀 있던 것도 다 연기였어?"

"……그래."

"하아! 돌겠구나, 진짜."

경식이 탄식을 토해내자, 자신을 신경 쓰지 않는 듯한 그 태도에 어이가 없어진 온드가 다시금 발을 휘둘렀다.

"이 새끼가. 살려달라고 빌어도 모자랄 판에 날 무시해?"

퍼억! 빠각!

"……."

하지만 경식은 계속해서 슈아에게 말을 걸었다.

"이러는 이유가 뭔데?"

"마법사로의 복귀. 그리고…… 현상금. 아버지를 낫게 해 드려야 하니까."

"……하아."

경식은 할 말을 잃었다.

그리고 할 말을 잃은 그의 입가로 다시금 군홧발이 휘둘러 졌다.

팍! 빠악!

"그만하고 죽이는 게 어떻소?"

들려 온 목소리에 온드의 발길질이 멈추었다.

마이스터였다.

"흐음. 그럴까요?"

"제이크가 정신을 차리기 전에 어서 소울이터를 빼앗고 구속하시오."

"알겠습니다."

"아아, 구속구를 채운 뒤엔 흡혼석으로 머리를 눌러 주는 걸 잊지 마. 에리오르슈 가문 녀석들은 마나 홀이 미간에 있거든. 그걸 마나 홀이라고 불러야 할지, 아니면 소울 홀이라 불러야 할지는 잘 모르겠지만 말이야."

"우선 알겠습니다. 예, 예."

온드가 빙긋 웃으며 제이크에게 구속구를 채웠다. 물론 그 구속구는 경식 역시 마찬가지였다.

거기까지 본 마이스터가 뒤돌아 휘적휘적 걸어갔다.

"같이……가요. 스승님."

슈아가 그런 마이스터의 뒤를 쫓아가려 했으나, 온드가 그런 슈아의 머리끄덩이를 낚아챘다.

"꺄악!"

"꺄악은 무슨. 조금 전에는 아주 잘 해 주더만."

머리채가 잡힌 채 버둥거리던 슈아의 얼굴에 불안감이 몰아닥쳤다.

"스, 스승님? 이게, 이게 어떻게 된 일입니까?"

그 말에, 마이스터가 걸음걸이를 멈춘 채 뒤도 돌아보지 않고 말했다.

"제자로 받아 준다고 했지. 그래, 그 약속은 지켰다. 하지만 에리오르슈의 잔당인 네년이다. 아무리 내 제자라 할지라도 죗값을 치러야 하지 않겠느냐?"

"당신이 어떻게……!"

"그러는 너는 어떻게 마법사라는 녀석이 소매치기를 하고, 도박장에서 살다시피 한 것이냐? 듣자 하니 정말 가관이더구나. 파문을 하지 않았더라면 마탑의 이름에 먹칠을 할 뻔했다. 에잉, 못난 것."

슈아의 눈동자가 배신감으로 이글이글 타올랐다.

"네놈. 죽이겠다. 죽여 버리겠어."

그 말에, 마이스터의 입꼬리가 씩 올라갔다.

"애초네 넌 내 제자일 때부터 마음에 들지 않았다. 그 나이에 4서클이라고 얼마나 오만방자하던지 말이야. 끌끌. 조금만 더 있었다간 6서클인 이 스승도 보이지 않겠더구나?"

"……!"

"마음대로 해도 좋네. 어차피 이곳. 골목이지 않은가?"

마이스터의 말에, 온드가 실실 웃었다.

"흘흘. 아무리 그래도 저희는 영지 정규군, 강철 기사단입니다. 아녀자를 욕보이는 짓은 하지 못하겠습니다. 하지만 이 고운 목을 베어 버릴 기회를 놓치진 않습니다."

마치 피에 굶주린 늑대 같은 눈빛이었다.

그것은 말 그대로 '합법적인 살인'에 목말라 있는 살인마의 눈빛이다.

"아아, 그리고 말일세. 그년이 들고 있는 흡혼석 말이야. 그것도 나중에 가져와 주게. 거기에 제이크의 소울 에너지가 많이 들어 있을 걸세."

그 눈빛을 마주한 순간, 슈아는 복합적인 감정에 정신이 붕괴되는지 털썩 주저앉아 버렸다.

경식은 한숨을 내쉬며 그런 슈아에게 말했다.

"네가 바란 게 이거야? 좋겠네. 마법사로 복직 되어서. 어차피 죽을 테지만."

"……나는. 나는 단지……."

뚝— 뚝뚝—

그녀의 눈동자에서 눈물이 그렁그렁 맺혔다.

"단지 아빠랑…… 새 출발 하고…… 병도 낫게 해 주고 싶었어. 그것뿐이야……."

"……어휴. 제레노 집사님은……."

빠악!

"곧 죽을 놈이 뭐 이리 말이 많아?"

뻐어억!

"끄응!"

경식이 입에서 피를 토해 냈다. 온드는 이제 이 짓거리도 질렸다는 듯 허리춤에서 검을 뽑아 들었다.

"더 출세할 것도 없는데, 제이크까지 잡아서 입지전적인 인물이 되겠구만. 현상금까지 어느 정도 받을 테니까…… 너희에게 고맙다는 말이라도 해야 하나? 끌끌."

그 말에 경식이 피식 웃었다.

"고마우면 풀어 주던가."

"어이고, 꿈이 야무져. 끌끌. 그 꿈 영원히 꾸라고 재워 주는 거야. 알았지?"

그의 검이 경식의 목 위로 뚝 떨어져 내렸다.

까앙!

"……?"

온드의 표정이 묘해졌다.

"뭐지?"

"뭐긴 뭐겠냐……."

쫘아아악.

검을 쥔 경식이 우악스럽게 그것을 당겼고, 그 힘을 이용해서 일어났다.

물론 검을 놓지 않은 온드는 자세가 흐트러졌고 말이다.

경식은 그런 온드의 겨드랑이에 목을 집어넣은 후, 크게 도약한 채 머리부터 떨어졌다.

물론 경식의 머리에는 온드의 겨드랑이가 있었고, 겨드랑이가 달린 어깨 위에는 당연하지만 온드의 머리가 있었다.

땅에 머리부터 부딪쳤다.

지금 들어간 이 기술은, 옛날에 보던 만화에서 나온 기술이긴 하지만 확실히 효과가 있는 기술이었다.

"쿠드 버스터!"

꽈광!

"커헉!"

물론 이 비명 소리는 온드가 낸 소리가 아니었다. 온드는 이미 머리가 부딪친 이후 끽소리도 내지 못하고 기절했다.

비명은 경식이 낸 소리다.

가뜩이나 소울 에너지를 모두 빼앗긴 상태에서 소울 에너지를 이용한 엎어치기를 한지라, 말 그대로 온몸에 힘이 하나도 없는 상태가 되어 버린 것이다.

경식은 쓰러진 온드에게, 자신이 들은 욕을 그대로 되갚아 주었다.

"개 똥파리 같은 새끼."

아마 목이 뒤틀렸으니 한동안 침대 신세를 져야 하겠지만. 아니, 더 이상 정상생활을 할 수 없을지도 모르지만 그건 경식이 신경 쓸 문제가 아니었다.

'고, 고맙다. 힘 안 빌려줄 줄 알았어. 라임을 맞출 시간이 없었거든.'

그 말에, 오크 신. 회색바람이 콧방귀를 뀌었다.

[취이익! 나의 변덕! 이럴 때엔 그것이 나의 큰 미덕! 취이이익!]

'끝까지 틱틱대긴.'

정말 큰일 날 뻔했다. 붉은 어금니의 힘을 사용하다가 봉변을 당한지라 붉은 어금니가 가지고 있는 힘은 모두 흡혼석이라는 녀석에게 빼앗겼다. 물론 경식이 가지고 있는 본연의 소울 에너지까지 바닥을 드러냈다.

흡혼석을 이용한 해괴한 마법은 경식과 연결되어 있는 모든 소울 에너지를 빨아들이는 마법이었나 보다.

붉은 어금니가 이를 갈았다.

[크르르. 당분간. 쉬어야 한다.]

[취이익! 쌤통. 너의 힘은 텅 빈 술통! 취이이익!]

아무리 사이가 안 좋기로서니 같은 방(?)을 사용하는 룸메이트(?)인데 너무한다 싶다.

어찌 되었건, 자신을 개 패듯이 때린 복수는 했다.

하지만, 이곳에는 온드만 있는 것이 아니었다.

"이 자식이 단장님을 감히……."

"뼈도 못 추릴 줄 알아라."

"아주 씹어 뱉어주마."

입이 걸진 14명의 기사들이 흉흉한 기세를 뿌리며 앞으로 다가왔다.

덤으로, 떠난 줄 알았던 마이스터가 다시금 돌아와 묘한 표정을 짓고 있었다.

아마 경식이 온드를 처리하며 생긴 거대한 폭음에 놀라서 돌아온 모양이었다.

경식이 구미호를 바라보며 빠른 의사소통을 위해 말 대신 생각으로 전달했다.

'구미호! 좀 괜찮아?'

[아으으. 내 꼬리보이지? 하나 작아졌어.]

―나, 나는 괜찮네.

안 물어봤다.

경식은 왕년 노인은 무시하고 구미호와 이야기를 계속했다.

'어떻게 방법 없나?'

[으응, 방법 없어. 여우 불로 내가 어떻게든 해 보고 싶긴 한데…… 지금 나도 많이 당했어. 다 저 미친 계집애 때문 이잖아! 이 똥멍청이야!]

'으음. 기다리는 게 아니었는데. 면목 없네.'

그런 말을 하며, 슈아를 보았다.

슈아는 어찌 할 바를 모른 채 손만 덜덜 떨고 있었다.

자신이 지금 무슨 짓을 한 건지 아직 실감이 안 나는 모양이다.

"어휴."

역시 냉정한 척, 어른스러운 척해도 16살 꼬맹이는 꼬맹이인 모양이었다.

뭐. 많아봤자 2년 더 산 경식이 할 말은 아니었지만 말이다.

경식은 한숨을 내쉬며 슈아에게 오라고 손짓을 했다. 슈아는 멍한 눈초리로 그런 경식을 바라보더니, 곧 경식의 입에 귀를 가져다 대었다.

"사실은……."

경식이 뭐라고 중얼거리자, 그녀의 눈동자가 찢어져라 부릅떠졌다.

"……이미 그랬어. 애석하게 됐다."

"……그랬구나."

경식이 그녀에게 귓속말을 한 덕에, 그녀는 정신 차렸다.

차라리 후련하다는 표정이다.

"아빠한테 가야겠네. 그래야겠네……."

슈아는 제이크를 힐끗 살폈다.

정신을 잃은 상태다.

그런 그녀의 눈빛이 경식에게로 향했다.

"미안해. 그리고…… 아빠에게 가는 걸 도와줘."

그리 말하며, 슈아는 흡혼석을 경식의 이마에 대었다.

그것을 본 마이스터가 피식 웃었다.

"무슨 짓을 하는 게냐? 지금, 흡수한 소울 에너지를 다시 되돌려주려는 게냐? 그게 가능하면 그것이 흡혼석일까! 하하 하하!"

리베르터는 어리석은 자신의 제자, 슈아를 비웃었다.

영혼의 기운을 흡수하는 돌.

흡혼석.

이 흡혼석은 마나석에 연금술 적인 기술을 집약시켜 만든 제국의 보물이다. 많은 연구가 진행되었으며, 그 연구의 목적은 오롯이 에리오르슈 가문을 통제하기 위해서였다.

물론 에리오르슈 가문이 망했다. 하지만 영혼을 다루는 기술을 제국은 암암리에 연구하는 중이었다.

그리고 그 주축에, 마이스터가 있었다. 사실 슈아를 자신의 제자로 끌어들여 가르친 것도 에리오르슈 가문의 사람이기 때문에 곁에 두고 실험을 하기 위함이었다.

그만큼, 마이스터는 흡혼석 분야에선 최고의 권위자라 할 수 있었다.

그런 그 역시 많은 연구를 해 왔지만, 흡혼석으로 빨아들인 영혼은 동력원으로 사용할 수 있을 뿐, 그것을 다른 이에게 나눠 줄 수는 없었다.

그것은 남자가 아이를 잉태하는 것만큼이나 힘들고 말도 안 되는 작업인 것이다.

그래서 웃었다.

물론 비웃음이다.

하지만 곧이어 펼쳐지는 광경을 바라보며, 비웃던 그의 표정은 경악으로 물들어야만 했다.

ㅊㅊㅊㅊㅊㅊ.

슈아가 경식의 이마에 흡혼석을 놓고 스펠을 외우자, 흡혼석에서 갈색 아지랑이가 뿜어져 나오며 경식의 이마와 눈, 코, 귀, 입으로 빨려 들어가기 시작한 것이다.

"오오오오오!"

경식은 좀 경박하지만, 이런 말밖에 할 수가 없었다.

자신의 것이 아닌지라 오래 가둬둘 수는 없지만, 분명 지금 그에게는 주체하지 못할 힘이 넘쳐나고 있었다.

그가 눈을 부릅떴다.

꽈드드드드득!

마치 고드름이 얼듯 그의 몸 주변에 반투명한 회색 영혼의 껍질이 일어났다.

반투명하기는 해도, 그것은 거의 실체에 가까울 만큼 선명한 회색을 띠고 있었다.

그것이 경식의 온몸을 감쌌는데, 마치 회색 호박에 경식이 간혀 있는 듯한 착각을 불러일으킬 정도였다.

경식이 씩 이를 드러내며 소리쳤다.

크아아앙!

오크의 충격파가 사방을 떨어 울렸다.

14명의 기사가 놀라운 반응속도로 일제히 방패를 들어 올렸다.

꽈앙!

그들은 마치 볼링 핀처럼 여기저기 날아갔다.

거기까지 확인한 마이스터가 쩍 벌어진 입을 다물며 지팡이를 들어 올렸다.

블링크!

그의 몸이 촛불 꺼지듯 사라졌다.

막 싸울 준비를 끝마친 경식에게는 꽤나 허탈한 상황이 아닐 수 없었다.

"끄으으으!"

경식은 넘쳐흐르는 힘을 주체하지 못하고 한 손에는 슈아를. 그리고 다른 한 손에는 제이크를 들어 올렸다.

그러고는 건물과 건물 사이를 도약했다.

어느새 떠오른 거대한 보름달에 경식의 실루엣이 비춰졌다.

경식의 몸은 빠르게 성곽으로 향했고, 관문 따위는 무시한

채 성벽을 뛰어넘은 그의 몸은 제레노 집사가 기다리고 있는
에리오르슈 가문의 은신처로 향했다.

*   *   *

제이크가 정신을 차린 후, 하루를 꼬박 걸은 끝에 경식 일
행은 은신처에 도착할 수 있었다.

콜록. 콜록콜록.

은신처에 들어오자마자 제레노 집사의 마른 기침소리가 그
들을 반겼다.

제레노 집사가 있는 방의 문을 열자, 집사가 기다렸다는
듯 그들을 맞았다.

그리고 경식 일행이 데려온 슈아를 발견하고는 눈물을 흘
렸다.

그리고 그것은 슈아 역시 마찬가지였다.

슈아는 이를 악문 채 제레노가 누워 있는 침대로 다가갔
다.

그리고 아버지의 손을 꼬옥 맞잡았다.

그 손은 이미 딱딱하게 굳어 있었지만 말이다.

"아버지…… 아버지."

뚝. 뚝뚝.

눈물이 빼빼 마른 손을 적셨지만 제레노의 몸은 반응하지 않았다.

"못난 것. 그냥 내 곁에 있어 주었으면 얼마나 좋았을꼬."

그것을 바라보는 제레노의 마음은 찢어질 것처럼 아파 왔다.

"후우."

경식은 복잡한 심정으로 두 모녀를 바라보았다.

그렇다.

경식이 이곳에 왔을 때부터 제레노 집사는 이미 죽어 있었다.

영혼으로 남아, 망령이 되어가면서까지 돌아오지 않는 슈아를 기다리고 있었던 것이다.

정말 더 이상 지체하면 망령이 되어 버리고 만다.

그 전에, 성불을 해야 했다.

왕년 노인이 제레노 집사를 따뜻한 시선으로 바라봤다.

─이제. 자네가 갈 때가 된 것 같네.

듣고 있던 구미호가 울먹거렸다.

[계집애는 못됐는데, 그런데…… 내가 너무 착해서 그런가? 마지막 선물이라도 해 주고 싶어졌어.]

구미호의 꼬리가 번쩍 빛이 났다.

그러자 제레노 집사의 영혼이 불타오르기 시작했다.

일전에 보여 주었던, 망령을 불태우는 거센 불길이 아닌, 지금 이곳에서 풍겨지는 분위기만큼 아름답고 따뜻한 불길이었다.

경식은 제레노의 시체를 부여잡고 하염없이 울고 있는 슈아에게 친절하게 설명까지 해 주었다.

"뒤돌아봐봐. 너를 지금까지 기다렸던 아버지가 서 계실 테니까."

"……."

슈아가 일어나 뒤를 돌아봤다.

그곳에는 훈훈하게(?) 타오르고 있는 형상의 제레노 집사가 있었다.

제레노 집사는 마음 깊숙한 곳에서부터 성불을 할 생각을 굳혀서인지, 이제는 목소리도 왕년 노인처럼 울려 퍼진다.

—잘 지내야 한다. 제이크 아저씨 말 잘 듣고, 쿠드 님을 따라다니며 도움이 되거라. 배우고 싶은 것 많은 나이에 이런 고생 시켜서 미안하지만, 어쩌겠느냐. 에리오르슈 가문이 다시 일어서야, 너의 미래도 열리는 것을.

"아버지. 아버지……."

슈아는 눈물을 펑펑 흘리며 떼쓰듯 말했다.

"뭐라고 그러는지 하나도 모르겠어요! 입만 벙끗 거리잖아요. 흐아아아아아앙."

그랬다. 슈아는 영혼을 보지도, 그 목소리를 듣지도 못한다.

—으이고, 귀여운 내 새끼.

하지만 응성부리는 모습까지 귀여운지, 제레노는 그리 말하며 슈아를 꼭 안아 주었다.

제레노가 제이크를 바라보며 말했다.

—내 딸. 잘 부탁하네.

"맡겨 주게!"

—모두들, 제 딸을 잘 부탁드립니다. 아직 어려서 그렇지, 착한 아이…… 꼭. 에리오르슈 가문에 필요한 아이입니다.

따뜻한 불길이 슈아를 한 번 감싸더니, 이내 사라져 버린다.

성불을 한 것이었다.

"흐아아앙. 아빠. 아빠! 흐아아아아아아아아앙!"

"……."

[계집애. 저렇게 목 놓아 울 줄 알면서 그때는 왜 그렇게 냉정한 척했대? 어린애 주제에…….]

구미호도 가슴이 먹먹한지 한숨을 푹푹 내쉬었다.

슈아는 차갑게 식은 제레노의 시체를 끌어안고 펑펑 울기만 했다.

마음이 먹먹해진 경식 일행은 방을 나선 후 문을 닫았다.

한동안 슈아를 혼자 두는 게 좋을 것 같았다.

"어휴."

경식은 한숨을 내쉬며 품 안에서 흑단목으로 짜인 상자 하나를 꺼내었다. 슈아에게 받은, 사령의 보구가 든 상자였다.

이곳에 어떤 것이든 들어 있을 것이 분명했다.

"후우! 열어볼까."

경식이 목갑에 힘을 주었다.

그러자 딸깍! 하는 소리와 함께 목갑이 입을 쩍 벌렸다.

"뭐야."

[아, 아무것도 없잖아?]

—허허. 뭐 이런 경우가 다 있나? 내가 왕년에도 이런 허탈한 감정은 느껴본 적이 없네만?

제이크는 모두의 반응을 살피더니, 경식에게 넌지시 말했다.

"그곳에 소울 에너지를 불어넣어 보시지요."

"소, 소울 에너지요? 흐음."

경식이 눈을 감고, 힘을 집중했다.

곧 그의 몸에서 보라색의 아지랑이가 피어나기 시작하더니, 그 기운이 양손을 통해 목갑으로 흡수되어 들어갔다.

그리고.

우주를 담아 놓은 듯한 반투명한 팔찌가 허공에서 튀어나

오더니 바닥으로 떨어졌다.

떨그렁!

경식이 놀라서 외쳤다.

"뭐, 뭐죠? 갑자기 허공에서 막……!"

제이크가 피식 웃었다.

"사령의 팔찌입니다. 주인이 부르면 대륙 끝에서도 그 부름에 응하게끔 설계되어 있습니다. 참으로 의리 있는 팔찌 아닙니까? 주인의 부름에만 응합니다."

"그, 그런가요? 신기하네. 어디에 있었을까요?"

"그것은 모릅니다. 하지만 이렇게 돌아왔으니, 이제 차보시면 될 것 같습니다."

경식은 떨리는 손으로 바닥에 널브러져 있는 사령의 팔찌를 들어, 오른쪽 손목에 착용했다.

"……!"

그의 눈이 부릅떠졌다.

*   *   *

우뚝!

목적지를 향해 걷고 있던 청년의 발걸음이 멈췄다.

팔이 허전한 탓이었다.

그는 자신의 팔을 바라보며, 인상을 한껏 찌푸렸다.

"무슨 현상이냐, 이건?"

"……."

테카르탄 역시 할 말을 잃은 듯, 허전해진 청년의 오른손을 보다가 말했다.

"사령의 팔찌가 없어지는 현상입니다."

"너도 봤지? 갑자기 내 손에서 사라지는 거."

"……."

"중요한 거잖아, 이거?"

"……."

"이게 도대체 무슨 일이야, 빌어처먹을!"

"……."

청년은 절규했고 테카르탄은 묵묵히 그런 청년의 짜증을 받아 주었다.

잘 차고 있던 팔찌가 없어졌다.

참으로 이상한 일이었다.

〈다음 권에 계속〉